이토록 찬란한 어둠

이토록 찬란한 어둠

뮤지컬 음악감독 김문정

첫 번째 에세이

흐름출판

일러두기

- 본문 중 뮤지컬 작품은 국내에서 사용되는 제목으로 《 》 처리하여 표기하였고, 노래는 원문 제목을 〈 〉으로 표기하였다. 영화, TV 방송 프로그램도 〈 〉로, 도서 및 잡지 제목은 『 』으로 표기하였다.
- 본문에 사용된 공연 사진은 각 공연 제작사로부터 제공받았으며 그 외의 사진은 THE PIT와 저자에게서 받은 사진이다.

이야기의 막을 열며

지금쯤이면 꺼내놓아도 되지 않을까, 라는 심정으로 용기를 내보았다. 음악감독으로서 처음 지휘봉을 잡았던 날로부터 20여 년이 흘렀다. 그 사이 50편이 넘는 작품을 만났고 지금도 여전히 새로운 작품들을 만나고 있다. 그 사이 종합 예술의 꽃인 뮤지컬은 대중화되고 산업화되어 왔으나 변하지 않는 것은 이 무대를 만드는 것이 바로 '사람들'이라는 사실이다. 그래서 이런 이야기도 필요하지 않을까 싶었다. 화려한 무대가 만들어지기까지 무대 위뿐만 아니라 무대 밖에서 얼마나 많은 스태프들이 뛰고 있는지를, 스포트라이트가 비추지 않는 자리에서도 얼마나 많은 배우들이 노래하고 춤추고 있는지를, 모두가 황홀해하는 찬란한 무대가 어둠 속에서 시작된다는 사실을 기억하고 싶었다. 내가 현장에서 쌓은 지식과 경험이 무대를 꿈꾸고 갈망하는 이들에게 조금이나마 도움이 되지 않을까 하는 마음도 있었다. 한 해 한 해 선배라는 이름의 무게가 더해가는 나이도 지금 시점이라고 등 떠밀기도 했으리라.

이 책에는 지금까지 뮤지컬 음악감독으로서 걸어온 여정의 일부와 그 과정에서 만난 작품들과 사람들에 대한 이야기와 뮤지컬 업계에서 부끄럽지 않은 한 사람으로 남기 위해 고민하는 지점들을 담았다. 나의 이야기가 읽는 이들에게 늘 아름다운 '무대 위의 사람들'과 그 사람들을 더 아름답게 만드는 '무대 밖의 사람들'을 기억하고 그 모두의 진심과 열정으로 만들어지는 뮤지컬에 한층 더 다가가는 계기가 되었으면 하는 바람이다.

코로나19로 어려운 때에도 굳건하게 버티며 좋은 공연들을 무대에 올릴 수 있도록 애쓰는 여러 제작사들과 완벽한 공연을 위해 진심을 다하는 배우들, 무대 밖 보이지 않는 곳곳에서 땀

흘리는 모든 스태프에게 감사와 경외의 마음을 전한다. 잊지 않고 극장을 찾아와 힘을 더해주는 관객에게도 깊은 감사를 보낸다. 무엇보다 언제나 함께해주는 THE PIT 오케스트라 단원들에게 진심으로 고맙다. 앞으로도 모두가 어둠 속에서 찬란한 무대를, 내일을 함께 꿈꾸고 만들어갈 수 있기를 바라며, 마지막으로 이 글을 함께 정리해준 이재영 작가와 김수진 편집자의 노고에도 감사드린다.

2021년 12월, 김문정

Contents

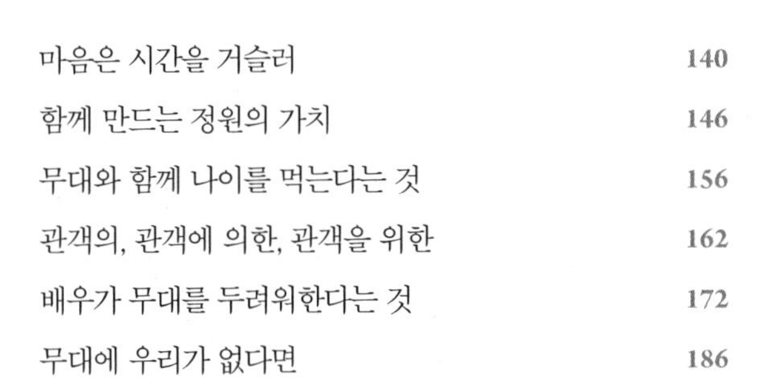

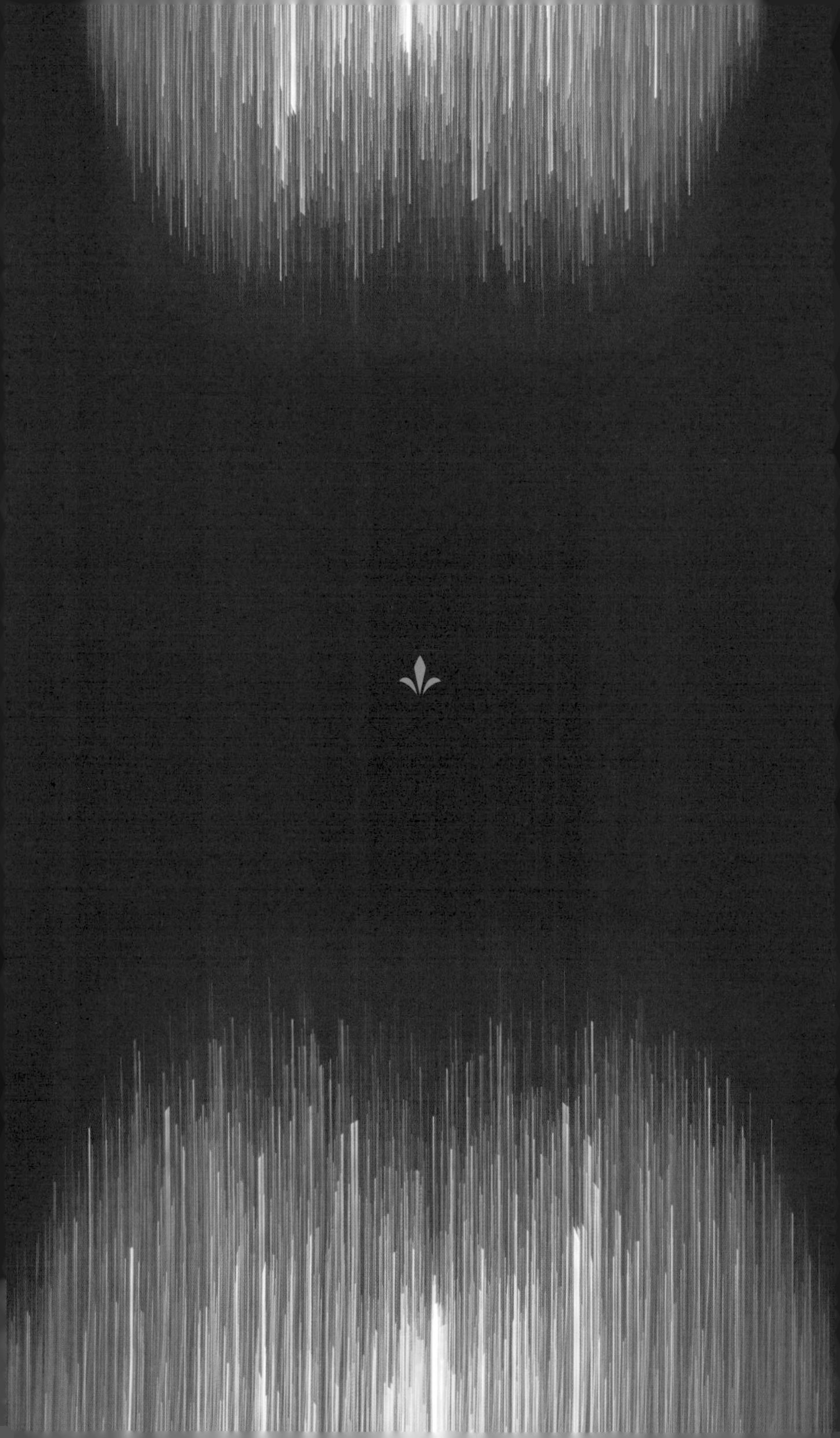

Opening Number

* 뮤지컬 《내 마음의 풍금》 넘버 중 〈나비의 꿈〉에서 가져온 것이다.

나비의 꿈을 꾸다

음악을 하면서 알게 된 선배로부터 뮤지컬《명성황후》오케스트라의 건반 연주자가 필요하다는 연락을 받았다. 1997년이었고 첫째 아이의 백일이 좀 지났을 때였다. 아이가 아직 어린 것이 마음에 걸렸지만 하겠다고 했다. 6년 전 대학에 갓 입학했을 때 참여했던 뮤지컬《코러스 라인》이 떠올랐기 때문이었다. 당시는 대중음악 위주의 건반 세션(사전적 의미보다 록밴드나 스쿨밴드 연주자를 칭할 때 쓰는 말)으로 활동할 때였는데, 뮤지컬은 그 작품이 처음이었다. 어찌나 재미있었던지 공연하는 일주일 내내 무척 즐거웠다. 국내에 뮤지컬이 보편화되기 전이었고《코러스 라인》 같은 큰 작품은 좀처럼 접하기 어려운 시절이었다. 다만 오케스트라에 연주자로 참여했던 연주자들이 모두 학생이었고 정식 음악감독이 없었던 터라 준비가 완벽하게 이뤄지진 않았다. 악기 편성도 허술했는데 갑자기 자리를 비우는 친구들도 있어서 브라스brass(금관악기) 연주자가 건반 악기로, 스트링string instrument(현악기)으로 옮겨 다니는 통에 뒤죽박죽이었고 정신이 없었다. 하지만 하나로 이어지는 긴 스토리를 따라 음악을 연주하는 일은 무척 매력적이었다.

그러니 제대로 된 뮤지컬 오케스트라 연주에 참여하는 것은 《명성황후》가 처음이었다. 두근대는 마음으로 연습실에 도착해 연습을 시작하는데 꿈인가 싶을 만큼 그곳에 앉아 있는 내가 낯설었다. 그전까지는 주로 미디MIDI 작업을 했으므로 작은 모니터 안에서 기계로 각 악기의 소리를 만들어냈는데 실제로 그 악기들이 눈앞에 놓여 있다는 게 몹시 신기했다. 미디로 만들어낸 소리도 좋았지만 현장에서 진짜 악기가 뿜어내는 소리의 매력은 생각 이상이었다. 각 악기마다 전담 연주자가 있고 스트링부터 브라스에 퍼커션Percussion(타악기)에 이르기까지 모든 악기가 조화롭게 어우러져 소리를 낸다는 게 무척 좋았다. 다양한 소리 사이에서 나도 내가 맡은 건반을 열심히 잘 연주해야겠다고 다짐했다. 정식 뮤지컬 오케스트라 세션은 처음이었지만 크게 걱정하지는 않았다. 늘 만지던 건반이었고 음악은 통하기 마련이니까.

'악보대로' 별일 없이 잘 따라가고 있을 때 음악감독이 건반의 박자가 빠르다고 지적했다. 순간 당황했다. 그럴 리가 없는데? 이래 봬도 내가 대중음악 업계에서 내로라하는 톱가수들의 무대에서 연주하던 사람인데 내 박자가 빠르다고? 자존심이 확 상했지만 일단 음악감독의 설명을 들었다. 문제는 엇박자였다. 그때까지 알아차리지 못했지만 대중음악 밴드와 오케스트라에서 하는 연주에는 미묘한 차이가 있었다. 오케스트라에서 연주할 때는 '시간차'를 확실히 염두에 둬야 했다. 전자 악기와 클래식 현악기의 차이였다. 바이올린, 첼로, 콘트라베이스 등과 같은 정통 클래식 현악기는 소리를 낼 때 활이 현을 긋는 찰나의 시간이 필요했다. 음악감독은 그 찰나의 시간차를 두고 지휘하고 있는데 감독의 지휘봉보다 악보를 보고 있던 나는 그걸 미

처 인지하지 못했던 것이다. 그러니까 오케스트라에서 건반 연주자는 그 찰나의 시간차를 염두에 두고 감독의 지휘를 보며 박자를 맞춰 연주해야 했다.

문제의 원인을 금방 이해하고 바로잡았지만 여전히 자존심은 상했다. 이대로 그냥 '몰랐으니까 그럴 수도 있지' 하고 넘겨지지 않았다. 평소에는 한없이 순한 것 같아도 목표가 생기면 돌진해버리는 내 안의 또 다른 내가 불쑥 튀어나왔다. 첫 연습 이후 이를 악물고 며칠에 걸쳐 《명성황후》의 54곡 넘버number(뮤지컬에서 사용되는 노래나 음악)를 모두 외워버렸고, 악보를 보는 대신 음악감독의 지휘봉만 보며 연주했다. 그 같은 노력은 끝내 결실을 맺었다. 그 당시 《명성황후》 오케스트라에는 건반이 메인과 서브, 두 대가 있었는데 나중에는 중요한 연주 대부분을 내가 맡을 정도가 됐다.

《명성황후》 본 공연을 앞두고 어둡고 좁은 오케스트라 피트에 들어섰던 첫 순간을 기억한다. 본 무대에서 한참 아래의 깊숙한 자리는 생각보다 훨씬 좁았다. 연주자들이 연주할 때 서로 방해받지 않을, 딱 그만큼만 떨어져 앉을 수 있는 정도의 공간.

작은 상자 속 같았다고 해야 할까? 대중음악 공연 무대에서 세션의 자리는 무대 위, 유일하게 조명을 받는 뮤지션을 향해 연주하는 자리였다. 조명 밖에서 연주하는 대신 세션의 연주 위에서 그 별이 어떻게 노래하고 어떤 몸짓을 하는지 볼 수 있었고 알 수 있었다. 그러나 뮤지컬 오케스트라의 피트는 달랐다. 무대와 분리된 피트라는 공간은 연주자들만의 우주였다. 연주자들이 그 우주의 별이었고, 서로의 반짝임이 어우러지며 무대 위와는 별개의 아름다운 밤하늘을 만들어냈다. 그 공간이 정말 좋았다. 그곳에 내 운명이 있으리라는 걸 어슴푸레 짐작했다. 50여 회의 공연이 막바지를 향해 갈수록 내 삶을 화려한 무대 위가 아닌 좁고 어두운 이 우주에 머물게 하고 싶었다.

그러나 무대 위를 '보는 것'만큼은 포기가 되지 않았다. 우리가 연주하는 음악이 흐를 때 무대 위의 배우들은 어떻게 노래하고 어떤 춤을 추고 어떤 표정을 짓는지, 장면이 바뀔 때마다 세트는 어떻게 달라지고 조명은 누구를 비추는지 보고 싶고 알고 싶었다. 깊숙한 피트 안에서 건반 연주자로 공연을 하면 할수록 무대 위에 대한 호기심, 무대 위를 보고 싶다는 열망이 끓

어올랐다. 무대 위를 알면 공연에 더 좋은 음악을 할 수 있을 것 같았다. 피트 안에서 내가 원하는 모든 것을 볼 수 있는 자리는 딱 한 곳, 지휘봉을 잡고 서는 음악감독의 자리였다.

《명성황후》 오케스트라의 건반 연주자로 공연을 마칠 때쯤 진심으로 뮤지컬 음악감독을 꿈꾸기 시작했다. '직책'이나 '지위'가 아니라 단지 뮤지컬이라는 세계에 좀 더 깊이 들어가고 싶었다. 가는 지휘봉으로 땅을 다지고 기둥을 세우고 지붕을 올려 음악이라는 집을 짓고 싶다고 생각했다. 연주자와 배우, 스태프와 관객 모두가 즐거울 수 있는 아름다운 집을.

그러나 당시에도 뮤지컬 음악감독을 양성하는 전문기관이나 수업이라고 할 만한 것은 없었고 어떻게 해야 뮤지컬 음악감독이 될 수 있는지 알 수 없었다. 내가 할 수 있는 건 눈앞의 음악감독을 자세히 관찰하는 것뿐이었다. 그가 뮤지컬 음악감독으로서 공연을 위해 어떤 준비를 하는지, 작품을 준비하고 진행하는 과정 중 어디에서부터 어디까지가 음악감독의 역할인지 현장에 갈 때마다 눈여겨봤다. 지휘를 공부하고 가창과 작곡도 계속 공부했다. 극을 이해할 수 있는 실력을 키워야 했다. 전문적으로 뮤지컬 음악감독 일을 배울 수 있는 기관은 찾을 수 없었지만 뮤지컬 음악감독이 갖춰야 할 소양을 어떤 방식으로든 쌓기로 했다. 기회가 왔을 때 놓치지 않고 잡을 수 있도록 준비해 놓고 도전하자, 그게 나의 결심이자 출발이었다.

그 같은 결심이 확고히 섰을 때는 둘째 아이를 낳고 육아에서 자유로울 수 없던 시기였다. 갓난아기 엄마에게 꿈은 사치 같았지만 포기하고 싶지 않았다. 갓 잉태된 꿈을 잘 키우기 위해서 갓 태어난 아이를 돌봐줄 사람이 필요했다. 결국 친정 엄마와 남편에게 도움을 청했다.

"1년만 시간을 줘. 1년이면 돼. 최선을 다해보고 싶어. 그래야 후회가 없을 것 같아."

두 사람에게 일주일에 두 번 외출할 수 있도록 해달라고 요청했다. 그 이틀만이라도 내게는 꼭 필요했다. 기한은 말 그대로 1년이었다.

우연한 시작

가정을 잘 하지 않지만 생각해본다. 만약 그날 엄마를 따라 그 집에 가지 않았다면 어떻게 되었을까, 하고.

내가 어린 시절 공무원이셨던 아버지는 직장 동료들과 정기적인 가족 동반 모임을 가지시곤 했다. 모임은 한집에서 주최하는 게 아니라 각 집이 돌아가며 서로를 초대하는 식이었다. 그날은 아버지의 상사 댁에서 모이기로 한 날이었는데, 그 사람은 아버지보다 직급이 높아서 형편이 조금 더 나았던 걸까? 다들 고만고만한 살림살이였지만 처음 가본 그 집에는 피아노가 있었다. 피아노를 가정집에서 본 건 그때가 처음이었다. 항상 유치원이나 교회에 가야 볼 수 있던, 거대한 덩치로 곱고 신비로운 소리를 내던, 그러나 나와는 무관한 아름다운 악기. 그런 피아노가 내 눈앞에 내 손이 닿는 곳에 등장한 것이다.

그 집에 모인 어른들에게 인사한 뒤, 나처럼 부모님을 따라온 또래 아이들과 쭈뼛쭈뼛 몇 마디를 나누고는 슬그머니 피아노 앞에 다가섰다. 너비는 두 팔을 펼친 것보다도 길고 키는 나보다도 더 컸다. 슬쩍 건반 뚜껑을 들어 올리니 그 무게가 고스란히 작은 손으로 전해져왔다. 뚜껑을 열어젖히고 곱게 덮인 붉은색 천을 걷어 내리자 가지런히 열 맞춰 늘어선 희고 검은 건반이 드러났다. 두근거리는 가슴으로 손가락 하나에 힘을 실어 건반 하나를 조심스럽게 지그시 눌렀다.

띵—.

소리, 진짜 피아노 소리였다. 나는 그 소리에 흥분해서 그곳이 남의 집, 낯선 곳이라는 것도, 그 피아노가 내 것이 아니라는 사실도 잊어버렸다. 이것저것 함부로 만지지 말라던 엄마의 당부는 피아노 소리에 묻혀 잊혔다. 무아지경으로 나만의 연주에 빠져 있을 때 그 집 안주인인 아주머니가 다가와 나와 아이들을 피아노에서 떼어내며 말했다.

“이제 그만.”

그 말과 함께 피아노 뚜껑이 탁하고 닫혔다.

그 이후의 상황은 흐릿하지만 분명히 여느 아이들이 그렇듯 금세 다른 놀이를 찾았을 것이고 거기에 집중했을 것이다. 그러나 엄마는 살면서 몇 번이고 그날을 복기했다고 했다. 안주인이 우리를 피아노에서 떼어내던 그 순간 많이 무안하고 속상했다고. 집으로 돌아오는 내내 그 집에서 피아노를 치며 좋아하던 우리가 눈에 너무 밟혔다면서.

놀랍게도 그 모임이 있은 다음 날, 우리 집은 피아노가 있는 집이 됐다. 당시로서는 거금을 들여야 했음에도 엄마는 두 번도 고민하지 않고 덜컥 피아노를 사들였다. 신용카드도 없던 시절, 나중을 위해 차곡차곡 모아두었던 적금을 깬 것이다. 엄마의 결단으로 나와 동생들은 마음껏 피아노를 칠 수 있었다. 뿐만 아니라 우리 집 피아노는 그 동네에서 피아노를 치고 싶어 하던 아이들 모두에게 열려 있었다. 자식 키우는 마음이 다 같을 거라는 엄마의 배려였다.

피아노는 어린 시절 내게 가장 좋은 장난감이었다. 전문적으로 배우지 않았으므로 억지로 연습할 필요도 없었고 원대한 목표 같은 것도 없었다. 그 희고 검은 건반은 어린 내게 단순한 즐거움이자 기쁨, 위로가 되었다. 큰아버지에게 선물 받은 『동요 500곡집』 속 노래들이 얼마나 많은 추억을 만들어줬는지 모른다. 생일이면 친구들을 초대해 그동안 연습해뒀던 곡들로 나만의 콘서트를 열기도 했는데, 주최한 나도 관객이 된 친구들도 제법 진지했던 것으로 기억한다.

그런 시간을 보내면서 음악은 혼자가 아니라 함께할 때 더 즐겁다는 걸 알았다. 훗날 학교에서 고적대 활동도 하고 합창단 활동도 했던 것은 아마도 그때의 경험 덕분이 아니었을까? 게다가 초·중·고등학교 졸업식마다 교가 지휘를 도맡아 했는데, 지금 생각해보면 지휘봉이 운명이었는지도 모르겠다.

십 대 시절에는 거창하게 음악으로 먹고산다거나 세상이 알아주는 음악가가 되겠다는 바람까지는 아니어도 그냥 삶 속에 음악이 머무는, 그런 삶을 꿈꿨다. 그거면 충분하다고 생각했다. 본격적으로 음악을 공부해야겠다는 생각은 하지 않았다. 학교 합창단에서 노래하고 지휘를 했고, 동네 친구들과 모여 동아리처럼 밴드 활동을 했지만 그뿐이었다. 그 정도로 만족했고 부모님에게 선뜻 음악을 하겠다고 말한 적도 없었다. 부모님은 늘 "우리 집에 (대입) 재수란 없다. 네가 가장 큰 언니이니 본을 보여야 한다"라고 말씀하시곤 했으니까. 그 시절 어느 집에나 있는 흔한 레퍼토리였으므로 나 역시 군말 없이 받아들였다.

그 당시 동네 친구들과 결성해서 활동했던 밴드 이름은 '푸른 돛'이었는데, 흠모하던 뮤지션 하덕규와 함춘호가 만든 듀오 '시인과 촌장' 2집의 이름이자 수록곡의 제목을 따서 지은 것이었다. 희망을 가져보자는 〈푸른 돛〉의 가사를 흥얼거리는, 아직은 미래에 대한 꿈과 희망이 가득하던 고등학생의 마음으로 이름 붙였던 것 같다. 멤버들과 나는 자주 모여 '시인과 촌장' '들국화' '한영애' '어떤 날' '김현식'과 같은 뮤지션의 노래를 카피해 연주했다. 인터넷은 고사하고 변변한 악보도 없던 시절이었으므로 각 앨범의 카세트테이프를 틀어놓고 각자 맡은 파트의 멜로디를 따서 종이에 옮겼고, 개별적으로 연습하고 함께 모여서 합주하는 게 전부였지만 그것만으로도 즐거웠다. 〈가시나무〉 〈푸른 돛〉 〈누구 없소〉 〈비처럼 음악처럼〉 〈매일 그대와〉 〈풍경〉 〈행진〉 등, 당대 유명한 뮤지션들이 만들어낸 음악 위에서 신나게 항해했던, 넘실대는 푸른 바다처럼 거침없고 발랄했던 젊은 날이었다.

그리고 열여덟의 겨울, 대학입시를 앞두고 이전처럼 밴드 활동을 하기는 어려웠던 시기에 멤버 중 한 명이었던 희열이(맞다. 그 유희열이다)에게 전화가 걸려 왔다.

"문정아, 작곡 공부하지 않을래?"

그 느닷없고 짧은 제안 뒤에 희열이는 선언하듯 말했다. 지금이라도 공부해서 음악대학에 진학하겠다고. 예상하지 못한 친구의 결심은 모르는 척 눌러놓았던 내 안의 무언가를 건드렸다. 밴드 활동은 학업 중 잠시 숨 돌리는 취미 활동일 뿐이라고 치부했었는데, 그 정도로 충분하다고 생각해왔는데 사실은 아니었다. 누구보다 나 역시 열렬하게 원하고 있었다. 음악을 업으로 삼기를, 그것이 나의 전부가 되기를.

푸른 돛은 바람을 타고 어디로 갈까?

내 인생이 청춘 영화였다면 순조롭게 희열이와 함께 음악대학에 합격하는 아름다운 엔딩이었을까? 그때 나는 끝내 음악을 선택하지 못했다. 음악과 관련된 아무런 준비도 하지 못한 채 인문계 고등학교 문과 학생으로 남아 어문계열 학과로 대입시험을 치렀다. 부모님이 반대해서 음악을 공부하지 못한 것은 아니었다. 그저 그래야 하는 줄 알았다. 고등학교 3학년 시기에 갑자기 진로를 바꿀 용기도 없었고 꿈을 생각하기 전에 눈앞에 닥친 대학 입시부터 잘 치르는 게 첫 번째 과제였다.

그러나 눈앞에 보인 길을 선택했던 결과는 실패였다. 전기에 이어 후기 대학까지 줄줄이 낙방하고야 말았다. 푸른 돛에서 희망을 노래하던 나는 사라지고 없고 길을 잃은 채 매섭고 혹독한 겨울 한복판에 서 있었다. 살아보니 그 시절 잠깐의 실패는 아무것도 아니었지만 당시엔 하늘이 무너지는 듯했다. 그때도 지금처럼 인문계 고등학생에게 대학은 전부였으니까. 이제 나는 어떻게 해야 하지? 그렇게 망연자실해 있을 때 다시 한번 등을 떠밀어준 건 엄마였다.

"서울예전에 실용음악과가 있으니 한번 응시해보는 건 어때?"

우리 집에서 재수는 불가능하지만 일단 서울예술전문대학(현 서울예술대학)에 합격하면 재수를 허락해주겠다는 게 엄마의 조건이었다. 실용음악과 커리큘럼을 보니 나쁘지 않았고, 음악을 하고 싶어 했으니 다음 해에 4년제 음대를 다시 지원하더라도 일단 붙고 나서 생각하라는 얘기였다. 하지만 서울예술전문대학은 전문대학이라고 해도 예체능계 쪽에서 경쟁률 높기로 유명한 학교였다. 실용음악과 입시를 준비해온 학생들과 경쟁이 안 될 것 같았다. 친구들과 밴드를 하고 학교에서 지휘도 했었지만 그건 정식으로 음악을 공부한 것과 비교할 수 없었다.

그러나 나에게 다른 선택지는 없었다. 남은 시간은 딱 한 달 반. 급하게 실용음악과 입시 준비를 시작했다.

엄마는 실용음악과에 1기로 입학한 학생을 수소문해 과외를 부탁했다. 내가 과외 선생님과 공부한 것은 악보를 보고 부르는 '시창', 음악을 듣고 악보를 그리는 '청음'과 '화성학'이었다. 피아노 연주도 해야 했는데 지정곡과 자유곡은 따로 연습했다. 밥 먹는 시간을 제외하면 앉아서 음악 공부만 하고 피아노만 쳤다. 살면서 그렇게 뭔가 한 가지에 깊이 몰두한 적이 있었나 싶다.

나중에 과외 선생님이 말하기를, 처음에는 대충 시간이나 때울 생각이었다고 털어놓았다. 입시를 한 달 반 남겨놓고 음악을 처음 공부하는 학생에게 큰 기대가 없었던 것이다. 그런데 어느 순간에 정신이 번쩍 들며 제대로 가르쳐야겠다고 마음먹었다고 했다. 선생님이 피아노로 음을 눌러주면 악보를 그려야 하는 청음 공부를 할 때였는데, 기준점을 잡아 주기 위해 (음악을 처음 공부하는 나에 대한 배려였다) '도'를 먼저 쳐주자 내가 의아해하며 물었단다.

"선생님, 왜 자꾸 도를 먼저 눌러주세요?"

"도를 쳐줘야 네가 음 계산을 하니까."

"저 도 안 쳐주셔도 다 들리는데요?"

실제로 그랬다. 어려서부터 오토바이 지나가는 소리, 새가 지저귀는 소리를 들으면 저절로 그 소리의 음이 떠올랐는데 그게 절대음감이라는 걸 그때 알았다. 선생님은 그날 이후 정말 본격적으로 내게 음악을 가르치기 시작했고 나는 그 덕에 빠듯한 실기 공부를 마칠 수 있었다.

죽기 살기로 준비해 실기 시험을 치르고 시간이 흘러 마침내 합격자 발표 날 아침, 떨리는 마음에 내 방 침대에 누운 채 일어나지 못하고 있는데 방문 너머 거실에서 엄마의 목소리가 들려왔다.

"만약에 오늘 네 언니가 붙으면 그건 진짜 이상한 거야. 비정상이라고."

긴장된 집안 분위기 때문인지 고요한 겨울의 공기 때문인지 엄마의 말은 유독 크게 들렸다.

"생각해봐. 네 언니가 음악을 정식으로 공부한 건 한 달 반 아니니? 그 정도 준비해서 붙는 게 이상한 거지. 오늘 붙으면 너희 언니는 천재야."

엄마는 혹여 큰딸이 낙방하면 동생들 앞에서 기 죽을까 싶어서 아침 내내 동생들을 미리 단속하고 있었다. 조금은 비장했던 엄마의 목소리를 들으며 웃음이 났지만 금세 다시 긴장됐다. 몸을 일으켜 침대 밖으로 나왔지만 방 밖으로 나갈 수 없었다. 가족들이 모두 집을 비울 때까지 방 안에 우두커니 앉아 있었다. 자신이 있기도 없기도 했다. 열심히 했지만 '열심히'만으로 이룰 수 있는 건 그리 많지 않다는 걸 어렴풋하게 알게 될 무렵이었다. 머릿속에는 답 없는 물음이 넘실거렸다. 과연 내 인생은 어떻게 되는 걸까? 어디로 흘러갈까?

그 다음 순간들이 기억 속에 선명히 남아 있다. 합격자 명단 앞에서 떨리는 마음으로 '김문정'이라는 세 글자를 찾았던 순간. (그 시절에는 대학별로 건물 앞 대자보를 통해 합격 여부를 알 수 있었다.) 합격자 명단을 거듭 훑을 때 터져 나갈 것처럼 두근거렸던 심장과 마침내 내 이름을 찾고 벅차올랐던 마음. 이름 한쪽 귀퉁이에 누군가가 그려놓은 동그라미를 보고 정말 합격이라는 걸 확인했던 순간.

인파에서 빠져나왔을 때 엄마와 바로 아래 동생과 눈이 마주쳤다. 두 사람은 나보다 먼저 와서 결과를 확인한 뒤에 나를 기다렸던 거였다. 잔뜩 상기된 얼굴로 나를 바라보고 있는 두 사람을 보고서 합격자 명단 속 내 이름 끝에 동그라미를 그려놓은 사람이 누구인지 깨달았다. 추위와 기쁨으로 붉어진 얼굴로 달려와 "축하해"라고 말해주던 엄마와 동생의 모습이 지금도 생생하다.

그때로부터 서른 해 가까이 흘렀다. 열아홉, 스물 그 시절의 나를 떠올려보면 그때가 살면서 모든 걸 쏟아 부었던 처음이지 않았나 싶다. 지금에 와서 돌아보면 그런 경험이 인생에 아주 큰 자산이 되어주었다. 어떤 목표를 향해서 최선을 다해 달려본 경험, 끈질기게 시도해본 경험이 성공 여부를 떠나 삶의 태도에 영향을 주었기 때문이다. 내가 이 일을 하면서 웬만한 일에 크게 겁먹지 않았던 건 아마도 그런 경험들 덕분이었을 것이다.

음악감독이 된 이후 지금까지 정말 쉴 틈 없이 바쁘게 살았다. 20년 전 어린 아이들을 키우며 일했을 때나 지금이나 참여하는 공연이 하나이지 않았고 여러 가지 일들을 동시에 진행하는 경우가 많다. 음악감독이라는 본업을 바탕으로 음악과 관련된 다양한 일들을 하고 있다. 새로운 작품을 분석하고 며칠에 걸쳐 수백 명의 오디션을 보며 창작자로서 곡을 만들기도 한다. 방송에 출연하고 대학교에서 학생들도 가르친다. 항상 내게 주어진 일들을 해나가며 숨이 턱 끝까지 차도록 달린다. 이렇게 쉬지 않고 달릴 수 있는 건 뭔가 하나를 미친 듯이 해봤기 때문이다. 어떻게든 해내겠다는 생각으로 분초를 아끼며 공부했던 시간과 그 경험은 지금까지도 나를 펄펄 날게 해준다.

Musical "Love" 대본 의 악보
서태지 Project "Live Wire"
Musical "Beautiful Game"
Musical "바람의 나라"
<초벌 번역>
City of Angels
Body Guard
Mozart
Dream girls
Elisabeth
Kiss Me Kate

그래서 그럴까? 음악감독으로서, 심사자로서 스무 살의 나와 같은 얼굴들을 마주할 때마다 가볍게 보게 되지 않는다. 음악 하나에 절실하게 몰입했던 나를, 추운 겨울 합격자 발표 날의 두 사람을 떠올리게 된다. 그 간절한 마음을 잘 알기에 더 집중해서 듣고 세심하게 보고 최선을 다하려고 한다. 내 앞에 선 모두가 꿈을 이루길 바라는 마음으로.

방황하는 스물

대학생활은 음악으로 시작해 음악으로 끝나는 날들의 연속이었다. 실용음악과는 대중음악을 업으로 삼고 살기 위해 알아야 할 것들을 가르쳐줬고 나는 그 모든 걸 놓치지 않으려고 애썼다. 물론 처음부터 그랬던 건 아니다. 학교에 입학하자마자 엄마는 약속대로 재수를 권했지만 나는 우리 학교 실용음악과의 커리큘럼이 너무 좋았다.

"엄마, 학교에 내가 배우고 싶었던 것들이 다 있어. 그냥 다닐게요."

4년제 대학을 염두에 두고 있던 엄마는 내 말에 당황했지만 이미 내 마음은 이곳에서 제대로 공부해보기로 마음을 굳힌 상태였다. 다만 한 가지, 내가 학교 생활에 잘 적응하지 못하고 있다는 게 문제였다.

대학에서 만난 친구들은 인문계 고등학교에서 평범하게 공부했던 나와는 너무 달랐다. 말투, 생활 방식, 고등학교 시절의 추억, 그 무엇 하나 공감할 수 있는 게 없었다. 십 대 시절에 '해야 하는 것'에 집중했던 나와는 다르게 동기들은 '하고 싶은 것'에 몰두해왔던 친구들이 대부분이었다. 시키는 대로 공부만 열심히 했던 나는 내 기준에 '학생답지' 못한 친구들과 스스로를 비교하며 조금 우쭐해하기도 했다. 예술대학이라지만 어쨌든 학교는 학교이고, '학교에서 최고는 모범생'이라는 뻔한 공식에서 벗어나지 못했다. 그러나 그 어쭙잖은 자만심은 오래가지 못했다.

계기가 된 것은 작곡 수업이었다. 창작곡을 써 오라는 과제를 받고 몇 날 며칠 씨름했지만 죽어도 곡이 써지지 않았다. 겨우겨우 어찌어찌 완성해 수업에 들어갔는데, 매일 놀기만 하는 것 같던 친구들이 써 온 곡을 보고 깜짝 놀랐다. 곡이 너무 좋았던 것이다. 나도 모르게 친구들을 붙잡고 물었다.

"너는 어떻게 이렇게 잘 썼어? 악상이 막 떠올랐어?"

"뭐 그냥, 옛날에 만났던 오빠 생각하면서 써봤어."

허, 고등학교 시절 나에게 '만남'과 '오빠'는 있을 수 없는 단어였는데. 같은 시간을 이토록 다르게 살 수 있나? 나는 공부 말고 한 게 뭐가 있지? 학교 다닐 때 공부하라고 해서, 공부가 제일 중요하다고 해서 공부만 했는데 결국 원하는 대학에도 다 떨어지지 않았나? 그렇다고 지금 학교 친구들처럼 자기가 하고 싶은 걸 찾아서 제대로 한 것도 아니고. 나는 우등생인가? 열등생인가? 나는 뭐지? 그런 생각이 머릿속에 소용돌이 쳤다. 그런 고민 끝에 우등생과 열등생이 절댓값이 아니라는 것을 깨달았다. 내가 어느 사회에 속해 있는가에 따라 그 기준도 상대적으로 달라졌다. 고등학교 시절 내가 있던 자리에서는 어땠는지 몰라도 지금 이곳에서 나는 딱히 우등생이라고 할 수 없었다. 음악을 하는 데 도움이 될 만한, 곡에 녹여낼 만한 경험이랄 게 딱히 없었다. 뒤늦게 시작된 방황이었다.

가출이라도 해볼까 했지만 겁나서 멀리 가지도 못하고 학교 근처에서 술이나 마신 게 일탈의 전부였다. 태어나 처음 집을 나왔던 그날, 희숙 언니에게 전화를 걸었다. 언니는 성균관대학교를 졸업하고 음악을 하고 싶다며 다시 서울예전에 들어왔는데, 그때 언니가 스물다섯 정도였던가? 지금 생각하면 언니나 나나 어리긴 마찬가지였지만 스물의 나에게 스물다섯의 언니는 왠지 인생에 대해 다 알고 있을 것만 같았다. 나는 술에 취한 채 수화기를 붙들고 언니에게 답답한 속내를 털어놨다.

"언니, 난 아무것도 몰라. 해본 것도 없어. 음악을 못할 것 같아."

기껏 뒤늦게 뭐라도 시도해볼까 했지만 나는 그럴 수 있는 사람이 아니었고, 그럴 수 있는 사람이 아니라는 게 또 화가 나고, 결국 내가 하고 싶었던 음악을 못할 것 같고…. 그런 치기 어린 고민에 휩싸여 괴롭기만 했다. 그때 언니는 가타부타 말없이 자기 자취방으로 나를 불렀다. (언니의 작고 따뜻한 방에서 나는 많이 울었었나?) 스물, 찬란하기 위해 한없이 어두울 수도 있는 나이. 한 번도 만나본 적 없는 세상에 던져진, 거기에서 고민하고 살아남아야 하는 나이. 그런 스물의 나는 스물다섯의 언니에게 아이처럼 술주정인 듯 하소연을 늘어놨다.

"언니, 난 그동안 뭘 하면서 살았을까? 술도 안 마시고 담배도 안 피우고 연애도 안 해보고!"

듣고만 있던 언니는 웅크린 내 등을 토닥이며 말했다.

"문정아, 그거 직접 안 해도 돼. 간접 경험이라는 게 있잖아.

영화, 드라마 많이 보고 책 많이 읽고 다양한 사람들 만나서 얘기 많이 들어보면 얼마든지 얻을 수 있어. 걱정 말고 많이 보고 많이 들어."

그 순간 언니의 말이 위로가 되고 힘이 되었다. 실제로 모든 걸 내가 직접 경험해볼 수는 없는 일이다. 나는 언니의 말을 믿기로 했다. 언니 덕분에 마음을 열고 진짜 대학생활을 시작할 수 있었다. 나와는 다르다고 생각했던 친구들과 자주 어울렸고 친구들이 들려주는 이야기에 귀 기울였다. 책도 많이 읽고 영화도 자주 봤다. 모르던 세상이 보였다. 다르다고 생각했던 세상이 다르지 않았다.

우리나라 교육은 입시라는 좁은 문에 옹기종기 모여 그 세상이 전부라고 착각하게 만든다. 그곳에서 벗어나 조금만 다른 길을 가도 큰일 날 것처럼 느끼게 한다. 나는 스물이 되어 대학에 입학하고서야 그게 잘못됐다는 걸 알았다. 친구들이 선택한 건 틀린 길이 아니라 자신의 길이었을 뿐이다. 친구들 덕분에 결국 중요한 건 자기 자신이 누구인지 아는 일이라는 걸 늦지 않게 깨달았다.

내가 방황을 끝낼 수 있도록 해준 희숙 언니는 졸업 후 음악을 더 공부하겠다며 독일로 떠났다가 지금은 한국으로 돌아와

Music Note Book
You don't know what Love is

내가 재직 중인 대학교에서 공연예술학과 학생들을 가르치고 있다. 청춘이라는 짐을 이고 자리에 앉아 수업을 듣는 학생들을 볼 때마다 그 시절의 우리가 떠오른다. 이야기와 사람이 있던, 꿈이 있고 그 꿈을 향해 내달리던 시절. 서툴지만 아름다웠던 그 시절의 우리가.

은밀한 편지

학교에서 매 학기 희숙 언니와 1, 2등을 다투며 신나게 음악과 관련한 전문 지식을 쌓았고 온갖 음악을 깊이 듣고 파고들었다. 그 덕분에 졸업 전부터 프로 뮤지션의 무대나 녹음 현장에 건반 연주자로 참여할 수 있는 기회가 많았다. 노래방 기계에 들어가는 반주도 미디로 프로그래밍하고, 각종 광고나 방송에 쓰이는 음악 작업에도 참여했다. 메인 음악감독은 아니어도 드라마 〈덕이〉 〈꿈의 궁전〉 〈마법의 성〉 〈인간시대〉 같은 작품에 내가 작곡한 곡이 쓰이기도 했다.

공부하고 연주하고 돈을 버는 일을 한꺼번에 해내면서 내가 한 명의 어른으로서 제 몫을 해내고 있는 것 같아서 뿌듯하고 즐거웠지만 힘들기도 했다. 몸과 마음이 지칠 때면 좋아하는 음악들을 찾아 들었는데, 많은 곡들 중에서도 척 맨지오니의 〈Feel So Good〉을 자주 들었다. 이 곡을 처음 들었을 때 여러 가지 악기음이 하나씩 쌓이다가 압도적인 하나의 소리가 되어 온몸에 스며드는 것 같았던 충격을 잊을 수 없다. 도입부의 플루겔호른 소리가 흐르기 시작하면 입가에 미소가 번졌고, 가끔은 이 곡을 듣는 것만으로도 어디에선가 바닷바람이 불어오는 것 같은 착각이 일었다. 음악에 대한 순수한 즐거움과 열정으로 가득했던 십 대 시절이 떠오르기도 했다. 어설프지만 함께 연주하고 합을 맞춰보면서 맛보았던 즐거움과 희열이 한꺼번에 되살아나 나를 두드려 깨웠고, 그러다 보면 없던 힘마저 다시 솟았다.

스물 둘, 대학생활을 마친 뒤에 대중음악 업계에서 먹고사는 한 사람이 되었지만 학교 다닐 때도 하던 일이었으므로 내가 하는 일이 크게 새롭다고 느끼진 못했다. 그렇게 음악으로 먹고사는 일이 당연하게 느껴질 때쯤, 한 사람 덕분에 내가 이 업계에서 책임감을 가져야 하는 한 명의 직업인이자 악사가 되었다는 걸 깨달았다. 그 사람은 바로 최백호 선생님이었다.

그 당시 대한민국에서 '최백호'라는 이름 석 자를 모르는 사람은 없었다. 선생님은 '산울림', '사랑과 평화'와 함께 한국 가요계를 휩쓸던 톱 가수였고, 데뷔곡인 〈내 마음 갈 곳을 잃어〉와 〈영일만 친구〉는 누군가들의 십팔번으로 자주 불렸다. 최백호 선생님은 미국에 잠시 건너가셨다가 1992년에 다시 돌아오셔서 〈애비〉라는 신곡을 발표하셨는데, 그 다음 해에 나는 선생님의 콘서트에 동료들과 함께 건반 세션으로 서게 됐다. 최백호 선생님은 본인의 밴드가 아닌 외부 세션과 함께하는 공연은 이번이 처음이라고 하셨다. 이십 대 초·중반의 올망졸망한 우리를, 대중음악계의 대선배는 깍듯하게 '악단 선생님들'이라고 부르시며 꼬박꼬박 악사로 대우해주셨다.

그때 선생님과 함께 작업하면서 최백호라는 음악가가 한 곡 한 곡, 한 음 한 음을 얼마나 귀하게 여기는지 알았다. 모든 곡을 꼼꼼하게 체크하고 노래에 맞게 다시 바꾸고, 가끔은 연주하기에 어려운 요구를 하시기도 했다. 그럴 때면 "방법이 없을까요?"라고 묻곤 하셨는데, 나이와 성별을 불문하고 연주자에 대한 예를 갖춘 정중함과 노래에 대한 진심 앞에서 우리는 누구도 토 달지 않고 "예, 하겠습니다"라고 답했다. 그것은 가수의

Roland
D-70

AKAI
AKAI

마땅한 요구에 대한 연주자로서의 동의였고 합의였으며 서로에 대한 존중이었다. 진정한 권위란 그렇게 보이는 것임을 그때 알았다. 최백호라는 뮤지션의 세션을 하면서 그런 것들을 배웠다. 음악을 업으로 삼은 이들에게는 청중에게 좋은 소리를 들려줘야 한다는 의무보다 더 중요한 것은 없다는 것도.

선생님 앞에서 혹시 실수하지 않을까 잔뜩 긴장했던 우리는 동등한 예술가로 인정받으며 어느새 연주를, 공연을 즐기게 됐다. 공연이라는 것이 다시 돌아오지 않을 단 한 번뿐인 귀한 행위라는 것도 최백호 선생님의 콘서트를 통해 처음 느꼈다.

그 이후 선생님을 다시 뵌 것은 세월이 한참 흐른 2019년 무렵으로, '뮤지컬 음악감독 김문정'이라는 이름을 내건 첫 번째 콘서트 〈ONLY〉를 준비할 때였다. 그 자리에 선생님을 꼭 초대하고 싶어서 조심스레 부탁드렸는데 선생님은 내 청을 흔쾌히 받아주셨고, 1993년에 열렸던 선생님의 콘서트를 말씀드리니 그때를 기억하고 계셨다. 선생님 앞에 서자 지나간 시간이 무색해졌다.

〈ONLY〉 콘서트에서 선생님은 무대 위에 올라 나에게 주는 선물이라며 뮤지컬 《캣츠》의 넘버인 〈Memory〉를 불러주셨다. 가수 생활 중 처음 부르는 뮤지컬 넘버라고도 하셨다. 일흔에 다다른 선생님의 목소리는 여전히 마음에 닿았고, 삶이 녹아들어 깊은 울림이 있었다. 선생님의 목소리로 듣는 〈Memory〉는 황홀했다. 마디마디 흘러가는 노랫소리가 지난 모든 것을 불러오는 것만 같았다.

20여 년 전, 선생님과 함께한 공연은 목소리로 이야기를 만드는 진짜 예술가와의 황홀한 작업이었다. 그의 음악 앞에서, 소리 앞에서 함께했던 우리는 모두 귀한 사람이 되었다. 나는 최백호라는 뮤지션의 목소리를 들으며 처음으로 예술가가 되었다고 생각했다. 어쩌면 그 목소리는 내 운명 앞으로 보내진 은밀한 편지였는지도 모른다. 지금도 가끔 어디에서인가 선생님의 노랫소리가 들려오면 나는 다시 그 시절 건반 세션으로 돌아가 고개 숙인다.

뜻밖의 기회

운이 좋았다. 창작 뮤지컬 《둘리》의 음악감독을 맡아달라는 제안을 받은 건 뮤지컬 음악감독이 되기 위해 필요한 공부를 시작한 지 1년쯤 됐을 때의 일이다.

《명성황후》 공연이 끝난 이후, 일주일에 이틀을 온전히 쏟아부으며 음악감독이 되기 위해 기약 없는 준비를 시작했다. 저녁이면 국내에 오픈한 뮤지컬 공연들을 찾아 관람했고, 낮에는 음악감독이 되는 데 필요한 것들을 배웠다. 지휘를 하기 위해 클래식 지휘를 배웠고 배우들에게 노래에 대해 이야기하려면 그

또한 알아야 하니 실용음악 학원을 다니며 노래를 배웠다. 당시 내 노래 선생님은 시원한 창법으로 유명한 BMK였는데, 하나부터 열까지 친절하고 정성스럽게 가르쳐주던 그녀의 정성을 잊지 못한다.《명성황후》음악에 국악이 쓰인 걸 생각해 사물놀이와 장구도 배웠다. 지금도 그렇지만 그때는 더더욱 하루 한 시간도 허투루 쓰지 않았다. 가족들의 배려를 생각해서이기도 했고 하고 싶은 일에 대한 절실함 때문이기도 했다.

하루를 열흘처럼 쪼개 쓰며 일 년을 보냈을 때, 2000년 밀레니엄을 기념한 뮤지컬 두 편이 기획되고 있었다. 교육부와 예술의 전당,《명성황후》의 제작사 에이콤이 공동 제작하는 창작 뮤지컬《둘리》와 라이선스 뮤지컬인《키스 미 케이트》였다. 나는 그때《키스 미 케이트》오케스트라의 건반 연주자로 합류해 한창 연습 중이었는데, 3주 후 오픈인《둘리》는 모든 곡이 아직 다 나오지 않았다는 이야기가 들려왔다. 내부 사정으로 일정이 엉켰고 음악감독 자리까지 공석이 된 상황이라고 했다.《둘리》는 교육부와 함께 제작하는 작품이라서 약속을 지키지 못하면 수습이 불가능했다. 공연 관계자들 모두가 발만 동동 구르고 있었다.

그 소식을 들은 지 얼마 지나지 않아 에이콤의 윤호진 대표가 나를 찾아왔다. 그는 《둘리》 조연출에게 소개받았다며 대뜸 내게 《둘리》의 음악감독을 맡아 달라고 부탁했다. 전혀 예상하지 못했던 제안이었다. 뮤지컬 음악감독이 되기를 그토록 원했지만 흔쾌히 받아들일 수 없었다. 아무리 온 힘을 다해 공부하고 연습하며 준비해왔다고는 해도 감독 경험이 없는 내가 맡기에는 여러 모로 상황이 좋지 않았다. 개막을 3주 남겨놓고 곡조차 완성되지 않은 작품을 떠안는 건 모험이었다. 맡는다면 이 작품이 내 데뷔작이 될 텐데 데뷔작의 실패는 경력에도 도움이 되지 않을 가능성이 높았다. 무엇보다 첫 작품을 이렇게 제대로 준비하지 못한 채 올리고 싶지 않았다. 나는 윤 대표의 부탁을 거절했고 그는 일단 알겠다며 물러섰다. 그리고 그 이후 그는 두 번 더 나를 찾아왔다.

세 번의 만남. 세 번의 부탁. 사실 나는 이미 두 번째 만남에서부터 흔들리고 있었다. 주변 지인들에게 조언을 구했다. 의견은 반으로 나뉘었다. 기회이니 잡아야 한다는 쪽과 위험 부담이 너무 크니 거절하는 게 좋겠다는 쪽으로 반반. 나 역시 하루에도 열두 번 이쪽과 저쪽을 오가며 수없이 마음이 움직였다.

윤호진 대표가 세 번째로 찾아와 거듭 청했을 때 나는 내 고민에 마침표를 찍었다. 내가 뭐라고 이렇게까지 찾아와주나 싶었고 그 마음이 고마웠다. 한편으로 기회라는, 그것도 어마어마한 기회라는 생각이 들기도 했다. 인간사 복불복이라지만 좋은 결과가 되도록 최선을 다하면 괜찮지 않을까?

"대표님, 해보겠습니다. 대신 조건이 있어요. 저는 이 일이 너무 하고 싶어서 정말 열심히 준비했어요. 그런데 이런 상황에 갑작스럽게 투입돼 평가받는 건 좀 억울해요. 다음에 제대로 준비해서 할 수 있는 기회를 한 번만 더 주세요. 제대로 시간을 두고 준비해서 제 역량을 보여드릴 수 있는 진짜 기회요. 어떤 작품이라도요. 그래야 후회가 없을 것 같아요."

윤호진 대표는 내 제안을 흔쾌히 수락했고 그날 이후 나는 공식적으로 《둘리》의 음악감독이 되었다. 내게 주어진 시간은 딱 3주였다. 3주 안에 미완의 곡들을 완성시켜 무대에 올리는 것이 내가 수행해내야 할 임무였다.

20년 전 우리나라 뮤지컬이 부흥하기 시작하던 시절의 이야기다. 에이콤처럼 뮤지컬을 제대로 만들 수 있는 전문 제작팀은 정해져 있고 뮤지컬 수요는 급격히 늘던 때였다. 공급이 수요를 감당하지 못해 벌어진 《둘리》와 같은 일은 내가 아는 한 그 이후 한 번도 일어나지 않았다. 우리나라의 뮤지컬은 차근차근 발전해왔고 발전하고 있으며, 능력 있는 수많은 전문가를 배출하고 있다.

나는 내가 시대를 잘 만났다고, 운이 좋았다고 이야기하곤 한다. 준비되어 있지 않았다면 불가능했겠지만 뮤지컬계에 다시없을 단 한 번의 위기가 내게 기회가 된 건 사실이다. 하필 마침 그때 내가 그곳에 있었던 것이 행운이라고 표현하는 이유다.

그해 6월

아침 7시부터 뛰었다. 다섯 살 첫째와 돌 무렵의 둘째, 둘을 씻기고 먹이고 입혀 어린이집과 친정 엄마에게 맡긴 뒤, 밤새 정리한 일거리를 짊어지고 늦지 않게 연습실로 달려갔다. 부랴부랴 연습실에 도착하면 오전 9시. 전날 밤에 정리한 곡을 연출팀 스태프들에게 브리핑했다. 물리적으로 매일 새로운 곡을 뽑아낼 수는 없으므로 가끔은 전에 써두었던 곡을 찾아 새롭게 수정하기도 했다. 매일매일 필요한 곡을 만들어 가져갔고, 그 중 괜찮은 곡들을 선별해 뮤지컬 오케스트라가 연주할 수 있도록 편곡 작업을 했다. 이 작업에 주어진 시간은 약 두 시간. 오전 10시부터 편곡에 매달리고 있으면 작사가가 도착해 음악을 듣고 작사를 시작했고, 멜로디와 가사를 맞추고 간단히 점심 식사를 한 뒤에는 노래 연습으로 이어졌다. 이때 배우들이 최대한 빨리 노래를 습득할 수 있도록 지도하는 것도 내 몫이었다. 노래 연습이 끝나면 안무가가 그날 연습한 곡에 맞는 안무를 짜 배우들과 연습하고, 나를 포함한 연출진은 다음 날 필요한 곡들을 정리했다. 이 부분에서는 어떤 분위기의 곡이 좋을까? 몇 분짜리가 적당할까? 모든 스태프가 머리를 맞대고 의논하고 결정하고 나서야 그날 하루의 연습이 끝났다. 연습실을 나서는 것은 언제나 하늘이 어두워지고 난 다음이었다.

그러나 나의 또 다른 하루는 그때부터 시작이었다. 깜깜한 밤에 아이들을 데리고 집으로 돌아가 씻기고 먹였다. 종일 엄마를 기다렸을 아이들에게 잠시 시간을 내주다가 나를 제외한 가족 모두가 잠들고 나면 마지막 남은 한 줌의 에너지로 다음 날 필요한 곡을 준비했다. 대학 졸업 전부터 일을 시작하면서 방송, 광고 등 다양한 매체에 곡을 썼던 게 그렇게 도움이 될 줄 몰랐다. 예전에 만들어놓은 자료들 덕분에 피 마르는 시간을 견딜 수 있었다. 오래전 써놓았던 곡들을 꺼내 밤사이 수정하거나 새로운 곡을 만들어내면 그제야 다리를 뻗고 누워 잠깐이라도 눈을 붙였다. 몇 시간 후면 다시 뛰어다녀야 하니 조금이라도 잠은 자둬야 했다.

어느 날 둘째 아이를 친정 엄마에게 맡기고 돌아서는데 큰 아이가 맑게 웃으며 물었다.

"엄마, 이제 우리 깜깜해지면 보는 거야?"

6월이었다. 하필이면 해가 점점 길어지던 때였다. 좀처럼 쉽게 어두워지지 않는 초여름 밤, 별을 기다리듯 엄마를 기다릴 아이를 생각하니 속이 상했다. 솟아오르는 눈물을 참으며 대답했다.

"엄마가 미안. 오늘도 하늘이 깜깜해져야 돌아올 수 있을 것 같아. 그동안 선생님 말씀 잘 듣고 할머니와 잘 놀고 있어."

아이는 선선히 고개를 끄덕였다. 엄마의 심정을 안다는 듯 웃는 얼굴로 인사했다. 그게 또 가슴이 무너져 내렸다. 6월이었지만 이미 여름의 복판에 접어들어 아침부터 후텁지근한 바람이 불어왔다.

아이 앞에서 눈물은 겨우 참았는데 덜컥 내려앉은 마음이 좀처럼 가라앉지 않았다. 《둘리》의 공연 상황은 특수한 경우이기도 했지만 음악감독 일을 이제 막 시작한 내게 앞으로 다시 이

런 일이 일어나지 않을 거라는 법은 없었다. 내 꿈이 뭐라고. 아이들에 대한 죄책감에 저절로 고개가 푹 꺾였다. 구멍 뚫린 마음을 어쩌지 못해 잠깐 짬이 났을 때 친구에게 전화를 걸어 펑펑 울며 하소연했다.

"무슨 부귀영화를 보겠다고 애들을 떼어놓고 이러고 있는지 모르겠어. 과연 이게 잘하는 일일까?"

내 이야기를 가만히 듣고 있던 친구가 되물었다.

"문정아, 너 다섯 살 때 기억 나?"

"아니."

"나도 기억 안 나. 너 돌 무렵 생각나?"

"아니."

"나도 안 나. 그런 거야. 애들도 기억 못 할 거야. 지금 네 마음이 힘들겠지만 엄마가 열심히 산 시간이 아이들에게 상처로 남지 않을 거야. 너무 걱정하지 말고 새로 시작한 일이니까 조금만 더 힘내. 음악감독 김문정, 파이팅!"

그 말이 얼마나 위안이 되었는지 모른다. 마침 그날은 둘리 엄마가 둘리와 헤어지는 노래를 완성해야 하는 날이었다. 당시 미혼이었던 작사가가 가사에 엄마가 언제까지나 지켜주겠다는 내용을 담기에 나는 아침에 있었던 일을 이야기해줬다.

"나는 아이에게 오늘 하루가 기억나지 않았으면 좋겠어. 아이들이 엄마와 헤어지는 슬픔, 떨어져 지내는 아픔 같은 건 기억 못 하고 크면 좋겠어. 그래서 나중에 좋은 것만 기억하고 웃었으면, 그랬으면 좋겠어. 둘리 엄마도 그렇지 않았을까?"

진심이었다. 두 아이 모두 이 날들을 기억하지 않기를 진심으로 바랐다. 그런 바람이 서글프기도 했지만 솔직한 심정이었다. 작사가는 내 이야기에 공감이 된다고 하더니 가사를 다시 써 왔다. 결국 그 넘버에는 처음과는 조금 다른, "내 사랑하는 아가, 엄마 품이 잊힐 만큼 웃음 가득하길 엄마 기도할게"라는 가사가 붙었다.

2019년 콘서트 〈ONLY〉를 준비하면서 어떤 분들에게 무대를 부탁할까 고민이 많았다. 과분하게도 관객들이 사랑하는 많은 배우들이 무대를 빛내줬다. 배우들은 김문정 음악감독의 첫 번째 콘서트인 만큼 기꺼이 무대에 올라 노래해주겠다고 했다. 나는 출연자 리스트에 구민진의 이름을 올렸다. 그녀는 한국무용을 전공하고 앙상블부터 차근차근 성장해온 배우였다. 2003년 《명성황후》로 배우 생활을 시작해 《미스 사이공》 한국 초연 때 지지(주인공 '킴'과 함께 큰 비중의 캐릭터) 역할까지 맡았었는데 결혼하고 아이를 낳고 키우느라 활동을 못 하고 있는 상황이었다. 각자 바빠서 자주 만나지는 못했지만 가끔 통화하면 무대를 무척 그리워했다. 엄마라는 이름도 민진의 것이지만 무대 또한 민진의 자리였다. 한번은 오디션을 봤는데 떨어졌다고 울면서 전화를 해왔다. 그게 너무 남 일 같지 않아서 나도 함께 울었다.

"민진아, 지금 잠시 날개를 접어놓은 거야. 언제든지 다시 돌아올 수 있어. 뭐 이걸로 울고 그래. 울지 말고 항상 마음의 준비하고 연습하고 있어. 내가 언제라도 뭘 부탁하면 바로 할 수 있게."

나는 민진에게 〈ONLY〉 콘서트 무대에 올라줄 것을 부탁했고 민진은 누구보다 멋지게 무대를 채워줬다.

민진 뿐만 아니라 아이를 낳고 기르는 엄마가 된 모든 동료들에게 응원을 보낸다. 우리는 잠깐 멈추는 것이지 사라지는 게 아니라는 걸 기억했으면 싶다. 엄마 동료들, 모두 기운 내시길. 아이는 자라고 무대는 사라지지 않을 테니까.

기적이
나에게

대망의 《둘리》 오픈 날. 모든 게 숨차게 돌아갔다. 런스루run through(공연을 무대에 올리기 전 연습실에서 하는 최종 리허설)도 제대로 못한 상황이었다. 첫 공연 전에 마지막 드레스 리허설dress rehearsal(의상과 분장을 갖춘 마지막 총 연습)을 마쳐야 했다. 게다가 정식 개막은 저녁이었지만 그날 오후 3시에 특별공연이 잡혀 있었다. 그 당시 영부인이었던 이희호 여사가 보육원 어린이들과 함께 공연을 보러 오기로 한 것이다.

드레스 리허설이 첫 번째 런스루인 상황이라니. 하늘이 노

럏게 변할 일이지만 무조건 정해진 시간에 공연을 올려야 했다. 오전에 예정되어 있던 드레스 리허설에 모든 걸 쏟아 붓자고 스태프, 배우들과 서로 격려하며 무대로 향했는데 웬걸, 낮 12시까지 극장 안에 들어갈 수 없다는 통보를 받았다. 3시에 영부인이 참석하기로 되어 있어서 보안 업체의 점검이 필요하다고 했다. 3시 공연인데 제대로 된 드레스 리허설도 못 하고 작품을 공개해야 하다니. 눈앞이 캄캄했다. 그러나 방법이 없었다. 불안한 마음을 다독이며 기다리는 수밖에. 일분일초 속이 타들어가는 것 같았고 온 신경 마디마디가 곤두서는 것만 같았다.

약속한 대로 정오가 되어서야 극장 입장이 허용됐다. 어떤 식으로든 리허설은 필요했다. 최종 회의를 위해 분장실에 음악, 무대, 안무 등의 파트 감독들이 모여 앉았다. 우리는 빠르게 서로 의견을 나누며 큐 정리를 시작했다. 그때 갑자기 메인 부스에서 콜이 왔다. 음향 기술감독이었다.

"메인 콘솔 메모리가 다 날아갔어!"

청천벽력 같은 소리였다. 그 메모리는 지금까지 공연 넘버 각각에 맞춰 계산된 세팅 값, 그러니까 배우들의 목소리, 각 악기들의 레벨과 효과음 등 모든 음향이 조화롭게 잘 들리게끔 맞춰놓은 데이터였는데 그게 날아가다니? 대체 왜?

급히 원인을 파악해보니 방금 전 보안 업체가 내부 시설을 점검하며 메인 전원을 꺼버린 탓이었다. 그 때문에 콘솔의 메모리뿐만 아니라 조명 쪽에서도 문제가 발생했다. 모두 우왕좌왕하며 당황스러움을 감추지 못한 채 리허설을 위해 무대 뒤에 모였다. 긴박한 상황이지만 어쩌겠나. 당장 정리해 맞출 수 있는 것이라도 맞춰서 해나갈 수밖에.

마음을 가다듬고 리허설을 시작하는데 다시 또 메인 콘솔 쪽에서 다급하게 음악감독을 찾았다.

"감독님! 저작권 문제가 아직 해결되지 않아 〈둘리〉 만화 주제가는 쓰시면 안 된답니다!"

우리가 익히 알고 있던 "요리 보고, 조리 봐도, 둘리~"로 시작하는 그 주제가였다. 내가 합류하기 전부터 이 곡은 이미 작품 속에 진하게 녹아 있었고, 음악과 관련한 저작권 문제는 제작 준비 단계에서 해결되었어야 했다. 내가 이 공연에 합류했을 때 이 부분에 대해서는 한 치도 의심하지 않았는데 알고 보니 이 곡은 아직 저작권을 해결하는 중이었다. 아무리 급해도 확인했어야 했다. 그러나 이제 와서 후회한들 무슨 소용이랴. 상황은 벌어졌고 되돌릴 수 없었다. 우리는 다시 모여 머리를 맞댔다. 영부인과 아이들은 오후 3시면 공연장으로 들어올 것이다. 이쪽저쪽 파트별로 사고가 터지고 있는데 이걸 수습한 뒤에 다시 연습이 가능할까? 모두 한숨을 깊이 내쉬는데 무대감독이 두꺼운 현장 리허설 파일을 탁, 덮고 일어나며 입을 열었다.

"각 파트, 소신껏 합시다."

그 무대의 선장과도 같은 무대감독의 마지막 한마디였다. 그때 그의 심정을 지금에 와서 헤아려보면 얼마나 암담했을까 싶다. 그러나 당시 나는 속이 바짝바짝 타면서도 어쩐지 그 말이 멋지게 들렸다. 마치 영화 속 히어로 무리의 리더가 동료들에게 각자 가진 능력으로 반드시 지구를 지켜내라고 말하는 것 같았다. 그 자리에 모여 있던 모두는 전문가였고 한 파트의 책임자였으며, 그만큼 맡은 바 의무를 해내야만 하는 사람들이었다. 무대감독의 단호한 결정에 불안했던 마음이 묘하게 가라앉았다.

일단 그 주제곡에 대해서는 응급처방을 내렸다. 두 마디마다 음을 바꾸기로 했다. 당시에는 두 소절 이상 똑같지 않으면 저작권법에 저촉되지 않았다. 일종의 꼼수였지만 생애 처음이자 마지막으로 그 방법을 썼다. 물론 그 특별공연에 한한 일이었다. 정식 공연에서는 저작권 문제를 해결해 무대에 올렸다. 둘리 역을 맡은 배우에게 두 마디마다 음을 내리거나 올리는 식의 애드리브를 해달라고 부탁했고 오케스트라 연주자들에게도 당부했다. 자괴감이 들었지만 그때는 그런 생각을 오래 붙들고 있을 여유는 없었다.

참담한 내 심정 따위는 아랑곳없이 시간은 순식간에 흘러 영부인과 아이들이 공연장에 도착했다. "둘리 보러 간다!" 하며 신나게 자기 자리를 찾아 공연장 안으로 들어가는 아이들을 지켜보며 많이 미안했다. 아이들은 이 공연을 많이 기다렸을 텐데, 들뜬 마음으로 공연장을 찾아왔을 텐데 우리 상황으로 보아 그 기대를 다 채워주지 못할 것만 같았다. 리허설도 제대로 하지 못했고 무대에 쓰일 풍선도 아직 다 정리하지 못한 채였다. 시간이 좀 더 있었다면, 그래서 좀 더 준비할 수 있었다면 이것보다 더 좋은 공연을 보여줄 수 있었을 텐데. 그러나 시계는 어김없이 3시를 향해 갔고, 나는 서둘러 오케스트라 피트를 향해 걸음을 옮겼다.

모두가 침착하게 자기 자리를 찾아가 공연을 시작할 준비를 했다. 나도 지휘봉을 들고 피트 위 음악감독 자리에 섰다. 그토록 원하던 순간이었지만 감격할 겨를조차 없었다. 얇은 지휘봉을 힘주어 쥐고 "잘할 수 있어. 침착하자"라고 되뇌면서 심호흡을 거듭했다. 무대, 음악, 조명, 음향 등 무대 위 파트별 감독들 모두 각자의 스위치가 켜졌다.

모두가 절박해서였을까? 간절해서였을까? 여러 난관을 넘으며 시작된 무대 위에서 배우와 스태프 모두 각자 가지고 있는 에너지를 전부 쏟아 부었다. 공연은 걱정이 무색하게 기대 이상으로 별문제 없이 잘 흘러갔다. 제작진과 배우 모두 아이들이 좋아할 거라고 자신했던, 둘리가 고길동에게 쫓겨나 담벼락에 기댄 채 '라면 송'을 부르던 장면에서는 연주자와 배우들 모두 혼신의 힘을 다했다. 연습할 때 모두 깔깔댔던 장면이었다. 그런데 웬걸, 관객 반응이 시원치 않았다. 왜지? 준비가 허술한 게 티가 났나? 누가 지적한 것도 아닌데 예상치 못한 반응에 식은 땀이 솟고 마음이 움츠러들었다.

어쨌든 공연은 계속됐고, 둘리가 엄마와 재회하는 마지막에 이르러서는 아이들 모두가 열광했다. 사실 그 부분은 누구도 기대하지 않았던 장면이었다. 스토리와 음악에 개연성이 부족한 듯해서 바꾸고 싶었지만 원작을 기반으로 한 작품을 크게 손댈 수는 없었고, 바꿀 시간적 여유도 없어서 그대로 두었던 장면이었다. 그런데 그 장면에서 우레 같은 박수와 환호가 쏟아졌다. 제작진으로서는 의아했지만 관객과 제작진의 생각이 다를 수도 있겠다고 생각했다. 그런데 마지막 장면이 뜨거운 반응을 얻은 건 딱 그 공연뿐이었다. 나머지 본 공연은 전부 제작진의 예상대로 매회 '라면 송' 장면이 가장 인기 있었고 엔딩은 좀 김이 빠졌다.

특별공연과 본 공연의 관객 반응이 달랐던 이유가 있었다. 특별공연의 관객은 보육원 친구들이었다. 그 아이들에게 길동의 집에서 쫓겨나 담벼락 아래에서 둘리와 친구들이 노래하는 건 현실에 가까운 일이었다. 당연히 웃음이 날 수 없었을 것이다. 그러나 둘리가 엄마를 만나는 장면은 개연성이 있든 없든 아이들에게는 희망이자 바람이 이루어진, 기쁜 일이었다. 그 사실을 깨닫던 순간 가슴 한쪽이 찌르르했다. 어른이 돼서 두루 헤아리지 못했다는 생각에 부끄러웠다. 관객은 모두 같지 않다는 것을 그때 알았다.

지금 생각해보면 시작부터 난관이었던 《둘리》가 음악감독으로서의 첫 작품이었던 건 행운이었는지도 모른다. 그때 공연장에서 일어날 수 있는 온갖 변수를 다 경험하고 나니 그 이후로는 웬만한 일에 자신감을 잃지 않았다. 무엇보다 그 공연으로 많은 걸 배웠다. 지휘봉을 잡는다는 건 어떤 상황에서도 책임을 다해야 하는 일이라는 것. 관객에 따라서 같은 공연도 달라질 수 있다는 것. 그 두 가지는 뮤지컬 음악감독으로서 잊지 말아야 할 것들이었다.

인생이란 참
모를 일

《둘리》가 무사히 끝났을 때 누군가는 나에게 준비된 열정이라고 칭찬했다. 준비를 철저히 했는지는 잘 모르겠지만, 알아봐줬으면 하는 마음으로 노력한 것은 아니었지만, 열정을 들킨 건 분명했다. 그리고 얼마 후 예상하지 못했던 기회가 찾아왔다. 《둘리》 공연을 마치고 한 달쯤 지나서 에이콤의 윤호진 대표는 약속한대로 새로운 일을 제안했다.

"김 감독,《명성황후》 런던 공연에 슈퍼바이저로 다녀오지?"

런던,《명성황후》, 슈퍼바이저! 이 세 단어에 어안이 벙벙해졌다. 뮤지컬 음악 슈퍼바이저는 보통 1차 크리에이티브 팀원으로서 처음부터 작품에 참여한다. 디렉팅팀에 속하는 음악감독이 오케스트라와 관객을 잇는 다리의 역할, 현장감독의 역할이라면 크리에이티브팀에 속하는 음악 슈퍼바이저는 좀 더 확장된 개념이다. 공연의 구성을 함께 만들고 작품의 곡이 낯선 환경에서도 최상의 효과를 낼 수 있도록 정리하고 편집하는 일을 한다. 그 때문에 음악감독은 바뀔 수 있어도 작품의 음악 슈퍼바이저는 달라지지 않는다. 다 만들어진 작품에 음악감독으로 합류하는 것도 즐거운 일이지만 1차 크리에이티브 팀원으로 시작하는 것도 매우 매력적인 일이다. 작품이 만들어지는 전 과정을 지켜볼 수 있고 내 의견이 반영되어 극이 달라지고 다듬어지는 걸 경험할 수 있기 때문인데, 그 같은 경험은 언제나 짜릿한 희열을 준다. (슈퍼바이저는 1차 크리에이티브 팀원이기 때문에 창작 뮤지컬에 투입되는 자리이기도 하다.)

공연을 외국으로 가져갈 경우 슈퍼바이저는 책임자 및 관리자의 역할로 참여한다. 뮤지컬 작품이 해외에서 공연되는 경우에 국내 공연에 참여했던 오케스트라는 해외 공연에 참여할 수 없다. 영국이나 미국 등 뮤지컬이라는 장르가 확고하게 자리 잡은 국가에서는 대부분의 경우 연주자 '유니온union(조합)'이 따로 있고, 해당 지역에서 열리는 공연은 현지 연주자들이 참여하는 것이 그들의 방침이다. 또한 국내 연주자들까지 해외 공연에 합류할 경우 제작비가 늘어나는 문제도 있다. 그래서 큰 작품을 해외에서 공연할 때는 국내 공연에 참여한 스태프 중 일부만 참가하는 일이 보편적이다. 지휘도 현지 음악감독이 맡기도 한다.

2002년 초《명성황후》는 런던 해머스미스 극장에서 공연될 예정이었는데, 에이콤에서 그 공연의 음악 슈퍼바이저 자리를 내게 제안한 것이다. 그 자리는《명성황후》해외 공연의 음악 관리자와 최종 책임자의 의미가 컸다. (우리나라에 들어오는 레플리카 작품들도 각국의 슈퍼바이저들이 해당 작품의 관리자와 책임자 역할로 국내에 들어온다.) 뮤지컬의 본고장인 런던에서, 다른 작품도 아닌《명성황후》의 음악 슈퍼바이저를 내가 맡는다고?

《둘리》의 음악감독 제안을 받아들였을 때 한 번의 기회를 더 달라고 했던 건 작은 작품이라도 제대로 시간을 갖고 준비해서 내 역량을 보여줄 수 있기를 바랐을 뿐, 이 정도의 큰일을 바란 것은 아니었다.《명성황후》의 오케스트라 건반 연주자로 공연의 54곡 넘버를 모두 꿰뚫고 있긴 했지만 초보 음악감독으로서 이 일은 정말이지 상상조차 해본 적 없던 큰 기회였다. 그 순간

두려움보다 설렘이 앞섰다. 왠지 모르게 스스로에 대한 믿음이 솟았다. 나는 다시 한번 그의 제안을 받아들였다.

다만 윤호진 대표는《명성황후》의 54곡 넘버의 가사를 모두 영어로 바꾸길 원했다. 언어와 국적에 따른 편견이나 선입견 없이 뮤지컬 작품으로 인정받을 수 있기를 바란다며 제작진을 설득했다. 내 의견은 좀 달랐다. 역사적 사건을 다룬 작품이고 창작극인 만큼 가사를 꼭 영어로 바꾸지 않아도 된다고 생각했다. 무엇보다 언어가 달라지면 음악도 영향을 받는 것이 염려스러웠다. 가사가 영어로 바뀌면 가사의 길이와 호흡, 어미 처리에 따른 표현의 방법 등이 달라지기 때문에 노래도 박자, 강약 등이 전부 바뀌어야만 했다. 그건 배우들과 오케스트라 모두 '처음부터 다시 새로운 작품을 준비하는 마음으로 공연에 임해야 한다'와 같은 이야기였다. 그러나 윤호진 대표는 단호했다.

"뮤지컬 본고장에 가는 건데 이왕이면 제대로 보여줘야죠. 아직 우리나라는 뮤지컬 불모지나 다름없잖아요. 동양의 작은 나라의 이야기인 데다 처음 들어보는 언어로 공연하면 관심을 끌기 어려워요. 본토에 가는데 승부수를 걸어야 하지 않겠어요?"

K-팝도 K-드라마도 없던 시절의 이야기다. 난감했지만 결

《명성황후》 (2021) © 에이콤

국 윤 대표의 말에 설득되었다. 영어로 바뀐 가사에 맞춰 다시 연습하느라 보통 두 달 정도이던 연습 기간을 두 배로 늘렸다. 여러 인원이 노래할 때 영어 단어의 뒤쪽 발음을 맞추는 게 어려워 합창 부분은 영국인 코치를 초빙해 감수를 부탁했다. 나는 연습 중 틈 나는 대로 각 악기의 악보를 정리했다. 연주자들의 악보를 살펴보니 전부 제각각이었는데, 런던에는 깔끔하게 정리된 악보를 가져가고 싶었다. 런던 공연 슈퍼바이저로 결정됐을 때부터 어떤 사명감이 솟았다. 나름 국가대표 격이니 절대 주눅 들거나 우스워 보여서는 안 된다고 다짐하고 또 다짐했다. 영국 현지 연주자들이 연주하는 데 보기 편하도록 악보를 새로 정리한 것도 그런 준비의 일환이었다.

런던에서 지휘봉을 잡은 음악감독은 존 릭비라는 친구였는데, 그는 내게 'Sir'이라는 경칭을 붙여가며 깍듯하게 대했다. 혹시 동양의 작은 나라에서 온 데다 덩치도 조그마한 여자라고 무시당하면 어쩌나 하는 걱정은 기우였다. 존은 각자의 영역과 업무에 철저했고, 음악감독으로서 나보다 경력이 훨씬 많을 텐데도 이 공연의 슈퍼바이저인 내 의견을 전적으로 존중해줬다. 존과 이야기를 나누면서 나는 그에게 여러 번 감탄했고 고마웠다. 어쩐지 런던에서의 모든 일이 다 잘될 것만 같았다. 어디까지나 첫 곡을 연주하기 전까지는.

현지 연주자들과 첫 연습이 있던 날, 한국에서 정리해온 악보를 연주자들에게 나눠줬다. 첫 곡 연주가 끝나자마자 여기저기에서 질문이 날아들었다.

"저 친구 악보에는 #이 있는데 나는 왜 없죠?"

"이 부분에서 내 악보는 포르테forte(세게)인데 왜 다들 피아노piano(여리게)야?"

나는 잔뜩 당황했다. 질문한 연주자들의 악보를 살펴보니 음과 박자, 세기와 빠르기까지 골고루 뒤죽박죽이었다. 대체 이게 무슨 일이지? 원인을 파악하는 일은 뒤로 제쳐 두고 일단 하나씩 바로잡아가며 겨우 연습을 진행했다. 존은 이대로 질문을 계속 하다가는 정해진 시간 내에 연습을 끝내지 못할 것이라며 해결 가능한 것들은 각자 소화하자고 정리했다. 그가 그렇게 말해주지 않았다면 그날 연습은 제대로 진행되지 않았을 것이다.

연습이 끝난 뒤 존이 나를 불렀다. 이미 뉴욕에서도 공연했던 것으로 알고 있다고, 런던 공연이 이 작품의 첫 해외 공연이 아니라고 들었는데 어떻게 된 일이냐고 물었다. (《명성황후》는 1997년 뉴욕 스테이트 극장에서 공연한 적이 있다.) 정확한 원인을 확인할 길이 없었지만 어쨌든 내 잘못이었다.

"KOREA'S EVITA"
AN EPIC MUSICAL SPECTACULAR
The first musical from the Orient to open on Broadway
THE LAST EMPRESS
makes its British debut at the LONDON APOLLO HAMMERSMITH for 19 performances from 1 - 16 February, 2002. Sung in English, this glorious musical is a feast for the eyes and ears with lavish costumes, dynamic sets, eclectic dances, and a captivating score. Queen Min, whose extraordinary life changed the course of the Land of Morning Calm, is played by THE KING AND I's Olivier Award nominee Tae Won Yi, supported by an impressive cast.
BOOKING INFORMATION
BOX OFFICE 0870 606 3400
Book on-line at: www.ticketmaster.co.uk
ticketmaster
ADDITIONAL CREDIT CARD BOOKINGS
firstcall
0870 840 1111
PRICES & PERFORMANCE TIMES
GROUPS OF 8+
020 7930 3000 / 020 7014 8444
SCHOOL GROUPS OF 8+
Buy 8 tickets and 1 teacher goes free
WHEELCHAIR USERS
STUDENTS / SENIOR CITIZENS / REGISTERED DISABLED / UB40s
LOCATION & TRANSPORT
LONDON APOLLO HAMMERSMITH
THE LAST EMPRESS
THE EPIC MUSICAL SPECTACULAR FROM THE LAND OF MORNING CALM
"MAGNIFICENT"
"VISUALLY STUNNING"
STRICTLY LIMITED SEASON
19 UK PERFORMANCES ONLY
1 - 16 FEBRUARY 2002

급히 숙소로 돌아가 내가 들고 온, 각 악기 악보들을 펼쳐놓고 비교해 보았다. 그제야 눈에 보였다. 애초에 한국에서 공연할 때부터 통일되지 않은 부분들이 있었다. 전체를 봤어야 하는데 하나씩 옮기다 보니 오류가 생긴 것이었다. 이대로 연습을 계속할 수는 없었다. 밤새도록 악보를 다시 고치고 다음 날 아침 일찍 연습실에 가서, 각 연주자의 보면대를 돌면서 악보마다 잘못된 부분을 손봤다. 눈물이 솟았다. 잘해 보이려고, 무시당하지 않으려고 온몸에 힘을 준 결과가 이 모양이라니. 그러나 이미 상황은 벌어졌고 도망칠 수는 없었다. 할 수 있어. 잘못된 걸 알았으니 바로잡으면 되는 거야. 마음을 다잡으며 같은 일이 일어나지 않도록 확인하고 또 확인했다.

그날 연주자들이 다시 연습실에 모였을 때 그들 앞에 서서 진심으로 미안한 마음을 전했다.

"잘해보려고 정리한 것인데 문제가 있었습니다. 이해 부탁합니다."

나의 부끄러움 위에 책임감을 더해 문제는 해결됐고 존과 연주자들도 '그럴 수도 있는 일'로 이해해주었다. 사건사고는 겪지 않는 게 최고이지만 고난을 함께 겪고 나면 없던 동지애도 생기기 마련이다. 아찔했던 첫 연습 이후 존과는 부쩍 가까워지고 편해졌다. 새옹지마라고 하더니 좋기만 한 일도 나쁘기만 한 일도 없는 게 인생이었다.

런던에서의 공연은 5주 내내 계속됐다. 한국에서 온 스태프들은 첫 공연이 끝나고 모두 돌아갔다. 인수인계를 마쳤으니 나머지는 현지 스태프들이 알아서 해줄 터였다. 나 역시 존에게 맡기고 돌아가면 되는데 윤호진 대표가 연락을 해왔다.

"김 감독은 공연 끝날 때까지 런던에 있다가 와요."

당시에는 혹시 공연 중 사고라도 생기면 책임자가 필요한 모양이라고 생각했지만 지금 돌아보니 윤호진 대표가 내게 음악감독으로서 연수할 기회를 줬던 것이구나 싶다.

어쨌든 그때 나로서는 음악 슈퍼바이저로서 해야 할 일을 다 끝마친 상태였으므로 한 달 가까운 여유가 생긴 셈이었다. 덕분에 런던에 머물며 웨스트엔드에서 공연되는 모든 뮤지컬 공연을 관람했다. 게다가 존과는 꽤나 친해져서 그의 집에 초대를 받아 가기도 했는데, 그만큼 그가 나를 편안하게 생각하는구나 싶었다.

그의 집을 방문했던 날, 존은 저녁 식사를 마치고 자기 이름이 쓰인 점퍼와 악보를 가져왔다. 뮤지컬 《미스 사이공》 악보와 스태프 점퍼였다. 존은 그 두 가지를 내게 건네며 말했다.

THE MUSICAL PHENOMENON
QUEENS
THEATRE
Les Misérables
FOR A TICKET'
Les Misérables
GIELGUD
APOLLO
LYRIC
JAMIE
COMPANY
THRILLER

"문정, 나는 네가 언젠가 《미스 사이공》 음악감독을 하면 좋겠어."

《미스 사이공》이라니. 《미스 사이공》은 뮤지컬계에서 《오페라의 유령》《레미제라블》《캣츠》와 함께 손꼽히는 대작인데, 그런 작품을 내가? 생각하는 것만으로도 가슴이 두근거릴 만큼 기분 좋은 상상이었다. 세계무대에서 뛰는 선배가 이제 걸음마를 뗀, 아시아의 신인 음악감독에게 주는 희망의 메시지라고 생각했다. 그 말이 실제가 되었으면 좋겠다는 바람은 내 안에 잘 묻어두었다.

그때로부터 몇 년 뒤, 《미스 사이공》이 한국 무대에 올랐고 내가 그 공연의 음악감독이 되었다는 건 지나치게 드라마틱한 이야기일까?

세계무대로부터의 또 다른 배움

해외에서 뮤지컬 공연을 보고 참여하면서 배운 것이 많다. 그중 가장 큰 것은 '사람'과 '시스템'이다. 런던에서 존 릭비를 만났던 것이 벌써 20여 년 전의 일이다. 그 사이 나는 국내 뮤지컬 업계에서 꾸준히 작품을 하는 음악감독이 됐고, 해외에서 공연을 하거나 MR을 녹음하면서 해외 스태프와 일을 해본 경험도 꽤 많이 쌓였다. 그런 경험 끝에 알게 된 것은 일을 하는데 국적은 크게 상관없다는 사실이다. 때때로 문화적인 차이를 느끼기도 하지만 막상 본격적으로 일이 시작되면 누구든지 간에 그 공연의 스태프 한 사람일 뿐 각자의 출신과 인종 같은 건 중요하지 않았다.

함께 일했던 몇 사람을 떠올려보면,《엘리자벳》《모차르트!》《마리 앙투아네트》의 작곡가인 실베스터 르베이는 KFC할아버지 같은 외모에 성격은 한국 사람처럼 불같았다.《마리 앙투아네트》 연출자 로버트 요한슨은 예민하고 꼼꼼했고,《지킬 앤 하이드》 연출자 데이비드 스완은 편안하고 사람 냄새가 났다. 어느 나라에서 왔든 예의 없거나 불친절한 사람이 있고 상냥하고 배려 넘치는 사람이 있으며, 누군가는 친절하고 누군가는 얄밉고 누군가는 영리했다.

이 일을 시작하고 처음에는 외국인에 대한 편견, 두려움이 있었지만 이제 그런 건 없어진 지 오래다. 말이 통하지 않는다고 걱정하지 않는다. 전문 통역가가 있기도 하지만 작품을 두고 마음을 열면 서로의 언어가 달라도 잘 통한다. 물론《원스》의 음악감독 마틴 로우처럼 언어와 별개로 소통하려고 애쓰는 사람이 있고, 영어를 정확히 쓰지 않으면 상대하지 않는 사람도 있다. 재미있는 현상은 예전에는 후자가 많았다면 최근에는 전자의 경우가 훨씬 많다는 점이다. 한국의 콘텐츠가 세계를 휩쓸고 한국 뮤지컬 시장이 무시하지 못할 규모로 성장하면서 한국

2007년 《맨 오브 라만차》 일본 공연을 위한 OST 녹음 현장

스태프를 대하는 외국 스태프의 태도도 달라졌다.

다만 분명히 다른 점이 있다. 사람과 사람이 하는 일이라는 점은 전 세계 어디에서든 다 비슷하지만 시스템만큼은 확연히 차이가 났다. 《명성황후》 런던 공연에서 밤을 새서 악보를 수정해 새로 뽑아갔을 때의 일이다. 악보를 낱장으로 출력해서 가니 책처럼 넘겨볼 수 있는 악보여야 한다고 했다. 악보 테이핑을 해야 했다. 내가 바로 해오겠다고 하자 존이 나를 의아하게 보았다. 테이핑하는 사람이 따로 있는데 왜 이걸 네가 하느냐는 거였다. 그때 나는 존의 말을 이해하지 못했는데, 잠시 후 시간당 보수를 받고 전문적으로 악보 테이핑을 하는 사람이 나타났다. 그는 테이프를 종류별로 들고 와서는 꼼꼼하고 세심하게, 종이 사이사이에 갱지까지 붙여가며 견고하게 제본된 형태의 악보를 만들어냈다. 내가 했다면 그렇게 할 수는 없었다. 어떤 역할이라도 전문가가 있고 각자 맡은 역할을 완벽하게 해내는 것, 그것이 프로의 세계였다.

《명성황후》 LA 공연 때는 현지 오케스트라를 처음 만난 자리에서 노익장을 과시하는 LA 오케스트라 조합의 '콘트랙터contractor'라는 사람이 나를 찾아와서 의논이라기보다 통보에 가까운 말투로 연습 시간에 대해 설명했다.

"연습은 3시간씩 두 타임이고 연주자들은 무조건 30분을 쉬어야 합니다. 30분을 먼저 쉬고 연습을 시작하든 연습 중간에 쉬든, 뒤쪽에 쉬든 연습을 30분 일찍 끝내든, 어쨌든 30분은 무조건 쉬는 시간으로 정해져 있어요."

'아니, 연습이 더 필요하면 더 할 수도 있고 그런 거 아닌가? 여건이 되면 30분보다 더 쉴 수도 있고 아니면 덜 쉴 수도 있지 처음부터 왜 이렇게까지 못 박는 거지?'라는 생각이 들었지만 거기에서는 통하지 않았다. 현지 연주자 조합에서 그렇게 정한 거라고 하니 할 수 있는 말이 없었다. 그런데 그 다음 이어진 말이 더 놀라웠다.

"연주자가 마음에 들지 않으면 말해요. 언제든 교체가 가능하니까요."

그가 열어 보인 수첩에는 악기와 연주자 이름이 빼곡했다. 언제라도 대체할 수 있는 연주자 리스트였다. '대체 가능'이라는 말이 자극적으로 들릴 수 있지만 그의 말에서 내가 실제로 느꼈던 건 이것이었다.

'맡은 일을 확실히 할 테니 쉴 수 있는 권리를 인정해달라.'

그 이후 지켜보니 그들은 정해진 연습 시간을 허투루 쓰지 않았다. 쉬는 시간도 엄밀히 말하면 '자유 시간'이나 다름없었

2003년 《명성황후》 LA 공연 시츠프로브 현장

고, 그 시간에 연주자들은 서로의 악기를 배우느라 바빴다. 비올라 연주자가 바이올린을 배우고 오보에 연주자가 클라리넷을 배우는 식이랄까? 알고 보니 연주자들이 뮤지컬 공연 일이 없을 때는 자기의 주 악기뿐만 아니라 다룰 수 있는 다른 악기를 이용해 재즈 클럽 같은 곳에서 연주한다고 했다. 오케스트라 안에서 다룰 수 있는 악기가 많다는 건 그만큼 자기 능력치가 올라간다는 의미이기도 했다. 다양한 시도를 하고 계속해서 자기 영역을 넓혀가는 것이 그들의 생존 방식이었고, 그렇게 만들어진 연주자 리스트는 무엇이든 가능한 인력풀이었다.

'맡은 바를 다하고 필요한 것을 요구한다'는 태도 역시 인상적이었다. '필요한 것을 요구한다'라는 것은 당시 한국에서는 쉽게 보기 힘든 일이었는데, 프로로서 일을 해나가는 데 있어서 꼭 필요한 태도라고 생각했다. 어느 분야에서든 공동의 목표를 위해서 누군가는 희생을 하고 무리한 조건을 받아들이게 되는 일이 없지 않고, 그게 당연시되는 분위기가 있다. 뮤지컬 업계라고 해서 다르지 않다. 더군다나 작곡가 프랭크 와일드 혼의 말처럼 한국의 뮤지컬 시장은 급속도로 성장하고 있고, 그 점은 환영할 일이지만 시스템은 속도와 정비례해서 발전하지 않는다. 스포트라이트 밖에 있는 스태프들의 작업 환경이나 업무 조건은 상대적으로 가장 늦게, 천천히 나아진다. 보이지 않는 곳에서 침묵하면 그냥 넘어가게 되고 그게 당연해지면 문제라고 여기지 않는다. 해외에서 내가 경험한 것은 자기가 맡은 바에 대해 확실히 책임을 지고, 권리를 찾는 데는 목소리를 내고 있다는 사실이었다.

그런 점에서 뮤지컬 음악감독으로서 초기에 해외 경험을 다양하게 해본 것은 다행스러운 일이라고 생각한다. 만약 한국에서의 경험이 많이 쌓인 상태에서 해외 시스템을 보았다면 다른 시각으로 받아들였을지도 모른다. 그때의 나는 백지 같은 상태였다. 스펀지가 물을 빨아들이듯이 어디에서 무엇을 보고 경험하든 좋은 점은 빨리 내 것으로, 우리 것으로 만들고자 했다. 뮤지컬 음악감독으로서 나만의 기준이 그렇게 만들어지기 시작했다.

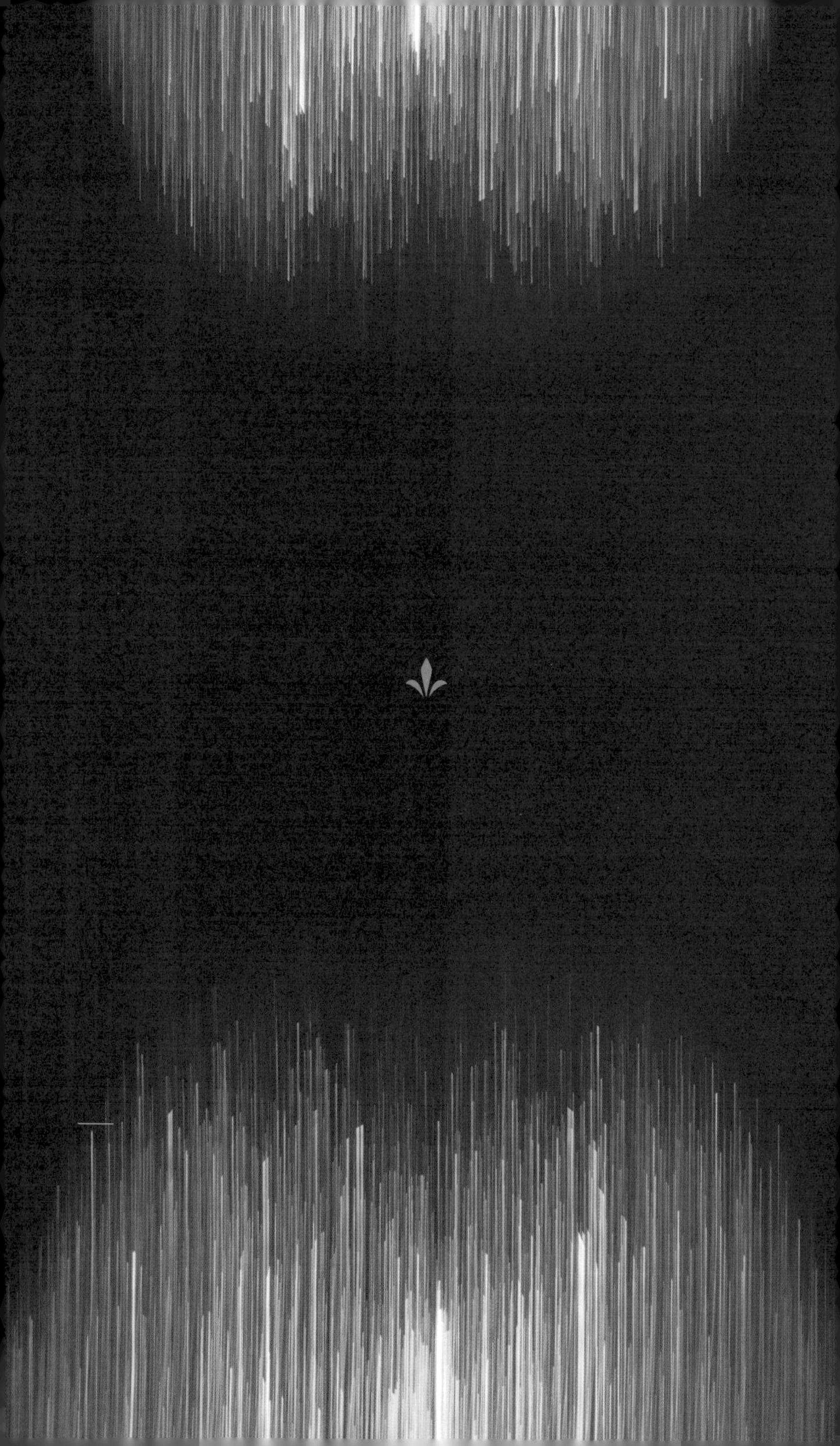

Exposition Number

뮤지컬이라는 마법

뮤지컬, 매지컬

공연장의 조명이 꺼지고 어둠 속에서 플라멩코 리듬의 기타 선율이 들려오면 관객은 숨을 죽인다. 음악 소리가 잦아들면서 무대 위에 어슴푸레 빛이 들고, 벽에 세워진 돌계단이 무대로 연결되는 순간, 공연장 안의 모든 사람들은 스페인의 한 지하 감옥 속에 놓인다. 그 이후부터 무대 위는 순식간에 지하 감옥에서 라만차의 성으로, 어느 마을의 여관으로 바뀌지만 그 누구도 이를 어색하게 느끼지 않는다. 무대 위의 배우가 누구라는 걸 알면서도 관객은 그를 작가 세르반테스로, 라만차의 노인 알

론조로, 정신 나간 노년의 기사 돈키호테로 받아들이고 그의 이야기에 빠져들고 만다. 뮤지컬《맨 오브 라만차》이야기다.

공연은 진실로 아름다운 거짓말이다. 이 일을 업으로 삼고 매일 무대를 바라보면서 생각한다. 어쩌면 이렇게 아름답게 거짓말을 할 수 있을까? 어쩌면 저렇게 우아하게 거짓말을 눈감아줄 수 있을까? 현실에 없는 시공간을 배경으로 배우들이 진심을 담아 연기하고 관객은 그들이 펼쳐놓은 이야기를 꿈처럼 받아들인다. 배우들이 자기가 독립투사라고 해도, 모차르트라고 해도, 몇 세기 전 오스트리아의 왕녀라고 해도 그 누구도 "저게 말이 돼?"라고 말하지 않는다. 눈과 귀, 온 마음을 열고 무대 위에 펼쳐지는 새로운 세계에 기꺼이 동참한다. 그런 장면을 매일 지켜봐왔지만 볼 때마다 늘 놀라고 감동한다.

무대는 영상과 다르다. 영상은 하나의 세계를 완벽한 현실로 만들어내 화면 속으로 끌고 와야 하지만 극 무대는 영상보다 관대하고 너그럽다. 상상이 시공간을 감싸면 공연장 안의 모두가 아름다운 거짓말을 즐길 수 있다. 파도 소리만으로도 바다를 볼 수 있고, 사계절을 노래하는 것만으로도 봄의 꽃과 여름의 신록을, 가을의 바람과 겨울의 눈을 느낄 수 있다. 소품 하나가 들어오고 나가는 것만으로도 장소와 배경이 바뀌는 것이 무대 예술이다. 보이지 않는 것을 보이게 만드는 마법. 같은 작품이어도, 같은 출연진이라고 해도 어제와 오늘의 공연은 결코 같지 않으니 절대 돌아오지 않는 한 순간의 마법이기도 한 셈이다.

뮤지컬Musical, 매지컬Magical.

음가가 비슷할 뿐 아무 연관도 없는 이 두 단어를 나란히 놓는 걸 좋아한다. 뮤지컬이라는 걸 이렇게 잘 설명할 수 있는 단어가 또 있을까 싶어서.

오래도록 뮤지컬 음악감독으로서 자리를 지켰던 건 이 일이 늘 새롭고 좋기 때문이었다. 이 세계에 발을 들이고 나니 도저히 헤어나올 수 없었다. 다양한 소재와 주제, 시공간을 아우르고, 천 년 전의 이야기도 어제의 이야기도 전부 용해해 재탄생시키는 전무후무한 종합 예술이 뮤지컬이다.

20년 가까운 시간 동안 라이선스 작품에서부터 순수 창작품에 이르기까지 50여 개가 넘는 작품을 해왔다. 내 손끝으로 수많은 음악의 집을 지었다. 그동안 힘들지 않았다고 말할 수는 없지만 일하는 동안 분명히 행복했다. 일이 행복하다는 건 쉽게 오지 않는 행운이라고 생각한다. 그래서 특별히 기억하는 작품들과 사람들 이야기를 조금이나마 기록해두고 싶었다. 누군가에게는 흥미로울 수도, 누군가에게는 낯선 이야기일 수도 있겠지만 '뮤지컬'이라는 세계를 잠시나마 엿볼 수 있는 시간이라고 생각해주었으면 좋겠다.

《둘리》《내 마음의 풍금》《도리안 그레이》《서편제》 등 처음부터 끝까지 함께한 창작극은 특별히 가슴에 남는다. 유독 해외 작품의 국내 초연작을 많이 맡았는데 그 또한 행운이었다. 생각하지 못한 인연으로 만난 작품도 있고 사람에 끌려 함께한 작품도 있다. 지휘할 때마다 눈물이 나는 작품이 있는가 하면 떠올리기만 해도 몸이 들썩거리는 작품도 있다. 음악과 나 사이에 놓인 사람들을 기억한다. 공연은 아름다운 거짓말이지만 그들과의 관계는 황홀한 진실이었다. 깨닫지 못했지만 돌아보니 모든 순간이 기적이었다.

《팬텀》(2021) © EMK뮤지컬컴퍼니

완벽한 유니즌*

* 몇 개의 악기 혹은 오케스트라 전체가 같은 음,
같은 멜로디를 연주하는 일

뮤지컬 한 작품을 만드는 데 적어도 백여 명이 넘는 사람들이 참여한다. 무대 위 배우를 제외하고도 제작자, 연출가, 극작가, 작곡가, 작사가, 안무가를 비롯해서 무대감독, 음악감독, 조명감독 등 필요한 역할만 헤아려도 열 손가락이 모자란다. 당연히 작품이 완성될 때까지 수많은 논의와 협의를 거친다. 다만 라이선스 작품은 원작이 있는 만큼 이미 완성된 설계도를 가지고 만든다면, 창작 뮤지컬은 설계도를 그리는 것에서부터 자재까지 직접 결정하고 손수 지어 올려야 한다. 결국 더 깊고 세

밀한 의견 조율이 필요하고 세세한 협의와 논의의 과정이 불가피하다. 그래서 더 어렵고 재미있는 것이 창작 뮤지컬이기도 하다.

앞에서 잠시 말했지만 나는 창작극에도 꽤 여러 편 참여한 편이고 작곡가로서 참여한 작품도 여럿 있다. 모든 작품이 특별하지만 뮤지컬이 협업의 예술이라는 점에서 창작 뮤지컬 《내 마음의 풍금》은 지금도 내게 반짝이는 작품이다. 그 이유는 첫 공연 다음 날 '정상 콜'을 한 작품은 지금까지 《내 마음의 풍금》 단 하나였기 때문이다.

정상 콜이란 개막 첫 번째 공연 이후 음향, 음악, 조명, 무대, 연출 등 어떤 파트도 수정 없이 그대로 진행하는 걸 말한다. 보통은 아무리 준비를 잘했다고 해도 첫 공연에서 부족한 부분이 드러나게 마련이고, 수정이나 보완이 필요한 부분을 확인하고 수정해가며 작품의 완성도를 더해간다. 그러니 뮤지컬 업계에서 '개막 첫 공연 다음 날 정상 콜'은 그야말로 있을 수 없는 사건과 같다.

2008년에 공연됐던 《내 마음의 풍금》은 열일곱 살 초등학생 홍연과 시골에 부임한 젊은 총각 선생님 동수의 풋풋한 이야기였다. 이 작품의 음악감독 일을 의뢰받은 건 2006년, 《에비타》

음악감독을 하고 있을 때였다. 제작사 쇼틱커뮤니케이션즈는 《내 마음의 풍금》을 준비하면서 각 분야의 실력 좋은 전문가들을 섭외했지만 팀이 거의 다 꾸려지도록 작곡가를 찾지 못했고, 우리는 급한 대로 대본 작업을 먼저 시작했다.

극작가 이희준 선생님이 준 대본을 읽는 중에 동수가 풍금을 치며 아이들과 노래하는 〈나비〉라는 곡의 가사, '나비 한 마리, 내 어깨 위에 나비 한 마리 살며시 앉았네'를 보자마자 내 머릿속에 멜로디가 떠올랐다. 대본 회의를 하며 입에서 나오는 대로 멜로디를 흥얼거렸다. 운율이 딱 맞았다. 제대로 만들면 예쁜 노래가 만들어질 것 같았다. '내가 작곡을 해볼까?' 하는 생각이 잠깐 들었지만 이내 마음을 접었다. 그 당시 아이들은 여전히 어렸고 일과 육아를 병행하는 일은 힘겨웠다. 친정 엄마가 도와준다고 해도 한 아이가 울면 나머지 한 명이 따라 우는 꼬마 둘이 있는 집에서 작곡 작업은 무리였다.

그러나 좀처럼 포기가 되지 않았다. 혼자 하면 공연 일정에 차질이 생길 것 같았지만 다른 작곡가와 함께하면 가능할 것 같았다. 연출진에 대중음악 업계에서 활동 중인 최주영 작곡가를 공동 작곡가로 추천했다. 그는 능력 있는 연주자이면서 곡 분석 능력이 뛰어났고, 그와 함께 작업한다면 빈틈이 채워질 것이라고 생각했다. 다행히 최주영 작곡가가 내 제안을 받아들이면서 함께 곡 만드는 작업을 시작했다.

내 생각은 틀리지 않았다. 최주영 작곡가와의 공동 작업은 탁월한 선택이었다. 같은 영역의 일을 두 사람이 함께하면 분란이 생길 수 있다는 염려가 무색하게도 우리의 작업은 오히려 더 체계적으로 진행됐다. 두 사람이 한 사람처럼 움직이기 위해 처음부터 각 곡의 방향을 잡고 곡마다 각자 레퍼런스를 준비했다. 사전에 이 부분의 동요는 어떤 풍으로 갈까? 커피 향에 대한 노래는 어떤 분위기가 좋을까? 하는 식으로 의논했고, 곡이 완성되기 전에 대본과 분위기가 비슷한 느낌의 리듬을 찾아 작가와 연출가, 안무가에게 전달했다. 어느 정도의 리듬이 안무와 어울리는지, 빠르기가 적당한지 확인하고 여러 번의 회의를 거쳐 정리한 뒤에 각자 곡을 썼다. 우리가 각각 최주영과 김문정 버전을 만들어 가면 함께 모여 들어보고 둘 중 나은 것을 선택했다. 최주영 작곡가와 나 둘 다 자기 곡을 내세우지 않았다. '내 곡'이 아니라 '이 작품, 이 파트에 어울리는 곡'이 기준이었으므로 이 같은 작업 방식은 문제 되지 않았다.

대본 작업 역시 이희준 작가님이 대본을 뽑아 오면 회의 때마다 각 파트의 담당자들이 모여 대본을 너덜너덜하게 만들었다. 기억하기로는 수정 대본이 7.2고까지 나올 정도였다. 매번 이 부분은 이렇고 저 부분은 저렇고, 연출진 각자 대본에 대해 의견을 쏟아냈다. 그럴 때마다 작가님은 묵묵히 고개를 끄덕이며 연출진의 요구사항을 받아 적었고 수정할 부분들을 체크했다. 같은 창작자 입장에서 죄송하기도 하고 걱정도 돼서 작가님에게 속상하지 않은지 물었다.

"고민해서 써 오셨는데 참견이 너무 많죠?"

"괜찮아요. 원래 뮤지컬 대본은 이렇게 쓰여요. 자기 대본이 다른 사람에 의해 바뀌는 걸 견디지 못하면 뮤지컬 작가 못 해요."

작가님은 씩 웃으며 아무렇지 않게 툭, 답했다. 그 모습이 얼마나 멋지던지. 그렇다고 작가님이 연출진의 의견을 무조건 다 받아들였던 것은 아니다. 차분히 다른 사람들의 의견을 듣고 소신 있게 작업해나갔는데, 그런 작업 방식을 지켜보면서 작가와 작품에 대한 믿음이 자연스럽게 생겼다. 창작자로서 많이 배우기도 했다.

프로듀서였던 김민정 피디는 공연을 올리고 배우, 스태프들 각자의 성향과 상황에 맞을 것 같은 책과 수첩을 정성껏 골라 선물해줬는데, 그건 사람들을 세심하게 살피고 관심과 애정을

뮤지컬 "내 마음의 풍금"

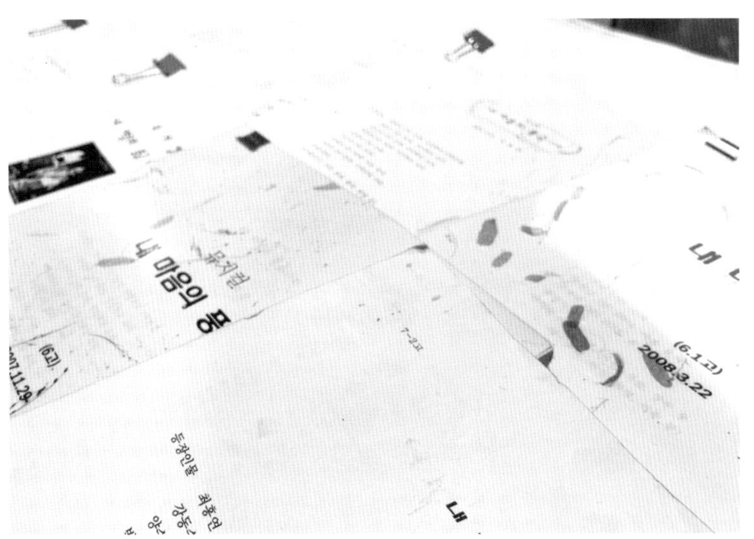
뮤지컬
내 마음의 풍
(6고)
(6.1고)
2008.3.22
등장인물
최홍연

두지 않으면 불가능한 일이다. 그런 김민정 피디의 마음이 사람들로 하여금 좀 더 작품에 마음을 쏟게 만들었다고 생각한다.

당시에는 드물었던 대본 발표회(지금의 쇼케이스)도 진행했다. 작은 소극장에 모여서 작품을 평가하고 배우들의 평가를 받아보는 시간으로, 배우들의 의견과 제안도 대본에 반영한 다음 꼼꼼하게 준비해 연습을 시작했다. 본격적인 연습이 시작되자 다시 한 번 아이디어가 쏟아져 나왔고 우리는 또 한 번 수정을 거쳤다. 공연장으로 예정된 호암아트홀 무대와 비슷한 규모인 구민회관 무대를 빌려 리허설을 여러 번 하기도 했다. 모든 과정이 쉽지는 않았지만 이 업계에서 유니콘과 같은 '첫 공연 다음 날 정상 콜'은 이렇게 하나하나 세심하게 준비한 덕분에 가능했을 것이다. 무엇보다 음악감독이자 작곡가로서 그 모든 과정이 무척 즐거웠다.

완벽에 가까운 협업의 경험은 그것만으로도 하나의 좋은 배움이 된다. 그 과정 속에서 협업하는 방법과 함께 일하는 사람들의 태도를 배울 수 있기 때문이다. 완성도 있는 좋은 작품을 만들겠다는 목표 아래에 나와 우리 사이에서 균형을 잡는 방법을 배운다. 작품의 색에 따라 어디에 어떻게 힘을 빼고 줄지를 생각한다. 나를 잃지 않으며 상대에 대한 배려와 존중의 태도를 배운다. 좋은 동료와 좋은 경험을 함께 나누고 나면 그것이 하나의 기준점이 되고, 다음에도 그 같은 기준에 이르려고 애쓰게 된다. 그런 점에서 《내 마음의 풍금》은 지금도 여전히 내게 별과 같은 작품으로 남아 있다. 그리고 매 작품마다 그 같은 별 하나를 다시 만들어보고자 노력한다. 어쩌면 누군가에게는 그 작품이 또 다른 기준점이 될지도 모르는 일이니까.

개막 첫 공연 날, 연출가 이지나 선생님이 공연을 보고 나와 펑펑 우시며 던지신 말씀.

"너무 마음 아파. 얼마나 고생을 했어. 이렇게 제대로 잘 만들었는데 흥행은 어려울 것 같아. 그게 너무 속상해. 흥행하려면 좀 더 조미료를 쳐야 하는데…."

칭찬인지 아닌지 알 수 없는 알쏭달쏭한 감상평이었지만 이지나 선생님다운 말씀이기도 했다. 솔직하고 직설적인, 냉철한 평가. 실제로 《내 마음의 풍금》은 웰메이드 작품이라고 호평을 받았지만 흥행은 기대에 못 미쳤다. 아역이 많이 나와 아동극 같다고도 했고, 우리나라 관객 성향에 비해 극이 지나치게 잔잔하다는 의견도 있었다. 그래도 2008년 제14회 한국뮤지컬대상 14개 부문 중 12개에 후보로 올랐고, 작품상, 작곡상, 연출상,

안무상, 무대상에 호명됐고 조정석 배우가 신인배우상을 타면서 그해 시상식을 휩쓸었다. 게다가 요즘도 가끔 오디션에서 남자 배우들이《내 마음의 풍금》의 넘버 〈나의 사랑 수정〉을 부르곤 한다. 이 정도면 우리가 좋은 작품, 좋은 곡을 만들었다고 봐야겠지?

Yes, Yes, Yes!

사실 한국에서 관객이 많이 찾는 뮤지컬 공연은 대부분 라이선스 작품이다. 라이선스 작품이란 말 그대로 원작이 따로 있고 국내에서 그 작품의 판권을 사들인 다음, 우리말로 공연하는 작품을 말한다. 많은 사람들이 알 만한《맘마미아》《지킬 앤 하이드》《노트르담 드 파리》 등과 같은 작품이 여기에 해당한다. 그리고 이 라이선스 작품은 다시 원작의 음악과 가사, 안무, 무대, 의상 등 모든 부분을 원작과 완벽히 똑같게 만드는 '레플리카 replica', 원작을 국내 정서에 맞게 수정하거나 각색, 번안한 '논 레플리카non-replica'로 나뉜다.

레플리카 작품은 말 그대로 배우를 제외한 무대, 동선, 조명, 음악 등 나머지 전체를 원작과 완전히 동일하게 만드는 것으로, 《오페라의 유령》《미스 사이공》《맘마미아》《위키드》《레미제라블》 등과 같은 작품이다. 국내 관객이 원작과 똑같은 공연을 모국어로 경험할 수 있고, 흥행성과 작품성이 검증되었기 때문에 작품 이름만으로도 수익성이 보장된다.

반면 논 레플리카 작품은 원작을 골조로 하되 국내 정서에 맞게 여러 가지 부분을 수정하거나 각색, 번안한 작품을 말한다. 예를 들어 《마리 앙투아네트》의 원제는 《MA》로, 이 작품의 두 주인공인 '마리 앙투아네트'와 '마그리드 아르노'의 이니셜이 같다는 데 착안한 제목이었다. 어린 시절에 버려져 하층민으로 살고 있는 마그리드가 극도로 화려하게 살고 있던 이복 자매 마리 앙투아네트를 단두대로 몰아넣는다는 이야기이다. 두 사람 중 마그리드가 이 작품의 주인공이지만 한국에서는 마리 앙투아네트가 더 친숙한 이름인 만큼 제목을 《마리 앙투아네트》로 바꾸고 앙투아네트의 솔로 곡을 더 만들어 넣었다.

둘 중 레플리카 작품은 여러 가지 장점에도 불구하고 현지 연출진으로서는 매력이 조금 덜한 편이다. 원작 팀에서 한국에

라이선스만 넘기는 것이 아니라 공연 전반에 관여하는 시스템이므로, 연출진으로서 작품에 대한 생각을 반영시키거나 아이디어를 내기 어렵기 때문이다. 원작에서 정해진 대로, 원작의 슈퍼바이저가 요청하는 대로 해야 한다. 그래서 나는 종종 농담 반 진담 반으로 '레플리카 작품을 할 때는 뇌를 펴야 한다'라고 말한다.

처음 음악감독으로서 참여했던 레플리카 작품은 2004년《맘마미아》였다. 당시 〈Dancing Queen〉이라는 넘버를 연습할 때였는데 원곡 가사가 한국어로 번역되니 말의 어순이 달라졌고 문장의 미묘한 뉘앙스 차이가 있었다. 가사가 바뀌니 안무팀 슈퍼바이저가 원하는 박자에 딱 맞춰 춤이 들어가지지 않았는데, 어떻게든 원작과 똑같은 박자에 해당 동작을 맞춰야 했다. 그때만 해도 레플리카의 개념이 머릿속에 제대로 확립되지 않았던 터라 연습하면서 종종 외국 스태프들과 충돌하곤 했다.

《미스 사이공》의 음악감독을 맡았을 때도 음악 슈퍼바이저로 온 가이 심슨이 "문, 팔을 좀 더 높이 들어서 지휘해줘"라고 지시해서 기분이 무척 나빴다. 그 당시 피트의 위치가 뒤쪽에 있다 보니 혹시 배우들 눈높이에서 내 지휘가 보이지 않을까봐 슈퍼바이지로서 염려한 말이었는데 내 입장에서는 월권인 것만 같았다. 지휘자의 팔 높이까지 관여하는 것은 선을 넘는 게 아니냐며 씩씩대는 나에게 그 당시 오케스트라 팀원이었던 한 선배는 말했다.

"문정아, 그게 저 사람들 역할이야. 그거에 뭘 일일이 반응해. 나는 네가 좀 더 쿨했으면 좋겠어."

선배의 말은 틀리지 않았다. 원작 팀의 각 파트별 슈퍼바이저의 일은 해당 작품을 전 세계에 원작과 똑같이 올리는 것이다. 돌이켜보니 내가 《명성황후》의 음악 슈퍼바이저로 런던에 갔을 때 존 릭비도 내 모든 말에 귀 기울였고 대답은 무조건 "Yes"였다. 존은 작품에 대한 권한을 가진 사람들을 대하는 작업 방식이 무엇인지 분명히 알고 있었다. 그것은 작품에 대한, 작품을 만들어낸 원작자들에 대한 존중이었을 것이다. 선배의 말을 듣고 나서야 혼란스럽던 것들이 일목요연하게 정리되었다.

그 이후부터 레플리카 작품을 할 때는 나도 "Yes"라고 답한다. 내 역할과 작업에 대한 이해가 생기니 레플리카 작품도 즐거웠고, 작업 방식에 적응하는 동안 입었던 마음의 상처도 나았다. 원작의 슈퍼바이저는 나나 우리 오케스트라가 실력이 없기 때문이 아니라 그들이 보기에 원작의 방향과 맞지 않는 부분을 지적했을 뿐이다. 그 사실을 확실히 깨달은 뒤로는 최대한 슈퍼바이저의 지시를 존중하고 따른다. '원하는 대로 다 해줄 수 있어. 나와 내 오케스트라는 뭐든 가능하니까.' 이런 생각으로 레플리카 작품에 임하면 원작의 슈퍼바이저와 크게 부딪힐 일도, 속 끓일 일도 없다.

심지어 《레미제라블》은 2012년 공연에는 제임스, 2015년 공연에는 존 릭비가 음악 슈퍼바이저로 왔고, 두 사람의 지시 방향이 달랐지만 그때도 "Yes"라고 답했다. 앞선 제임스의 요청과 나중에 온 존의 지시가 다르다고 해서 존에게 항의하는 건 의미 없는 일이다. 그들만의 합의가 있었을 것이고 그것을 일일이 따져 묻는 건 내 일이 아니다.

그렇다고 해도 레플리카 작품을 할 때 현지 음악감독은 중요하다. 원작을 똑같이 옮겨놓은 작품에서 유일하게 다른 하나가 바로 '언어'이기 때문이다. 대사나 가사의 의미는 같으니 말이 달라졌다고 연출이 달라지진 않지만 '소리'가 달라지는 건 다른 차원의 얘기다. 대사나 가사의 변화는 음악에도 영향을 준다. 이런 이유 때문에 어떤 작품이든 지휘만큼은 대부분 그 나라의 소리를 가장 잘 알고 그 소리와 어울리게 지휘할 수 있는 현지 음악감독이 맡는다. 그리고 음악에서만큼은 약간이라도

논 레플리카 뮤지컬 《팬텀》 (2021) © EMK뮤지컬컴퍼니

의견 개진이 가능하다.

한번은 어느 레플리카 작품을 준비할 때였는데, 오케스트라의 베이스 연주자가 자신의 모니터를 조정해달라고 요청했다. 드럼 소리와 함께 얹히는 본인의 소리를 충분히 들을 수 있게 볼륨을 올려달라는 의미였다. 그러나 원작의 음악 슈퍼바이저는 단호하게 거절했다. 스피커의 볼륨을 딱 맞게 맞춰 놓았는데 이 환경을 바꿀 수 없다고 했다. 전 세계 어디에서도 같은 볼륨값으로 진행한다는 게 이유였다. 그러나 그 작품의 음악감독이었던 나는 베이스 연주자의 요청에 강력히 힘을 실어 말했다.

"악기가 연주되는 환경과 연주자가 다른데 볼륨을 일괄 적용하는 건 비효율적이에요. 만약 베이스 연주자가 자기 소리를 제대로 듣지 못해서 연주에 지장이 생기면 책임질 건가요? 무엇보다 난 음악감독으로서 내 연주자가 완벽한 상황에서 연주할 수 있어야 해요."

그 슈퍼바이저는 결국 우리의 요청을 받아들였다. 아무리 레플리카 작품이라고 해도, 그래서 항상 "Yes"를 최우선으로 하더라도 음악감독은 공연 퀄리티에 지장이 있을 수 있는 지점을 그냥 넘기지 않고 바로잡아야 한다. 적어도 나는 그렇게 생각한다.

어쨌든 여러 레플리카 작품에 음악감독으로 참여하면서 나름대로 스킬도 늘고 노하우도 생겼다. 그래서인지 《맘마미아》의 음악 슈퍼바이저였던 마틴 로우가 《원스》 한국 공연을 계약할 때 계약서에 내 이름을 넣었다고 했다.

"난 문정과 할래. 그게 조건이야."

논 레플리카 뮤지컬 《모차르트!》 (2020) © EMK뮤지컬컴퍼니

최고의
프로듀서란

레플리카 공연의 '오프닝나이트(연극·영화 등의 개막·개봉 첫 날 밤)'가 지나면 외국 스태프와는 안녕이다. 그들은 무사히 첫 공연을 무대에 올리고 나면 자기들이 맡은 바를 완벽하게 해냈다는 자부심으로, 가끔은 더블 캐스트 공연도 보지 않고 바로 본국으로 돌아간다. 약 두 달 동안 우리 스태프들과 배우들의 영혼과 육신을 탈탈 털어놓고 미련 없이 떠나는 것이다. 그런 의미에서 오프닝 날 공연이 끝나면 파티 하는 문화가 있다는 것을《맘마미아》를 하면서 알았다. 개막 첫 공연 뒤에 아직 긴장이 풀리지 않은 상태로, 미처 보지 못했던 사항들을 재정비하느라 정신없는 우리와 다르게 외국 스태프들은 그간 타국에서 노력한 결과를 확인한 기쁨을 참지 않았다. 잘 차려 입고 서로 선물을 교환하며 무사히 일을 마친 동료들을 축하했다. 당시 나와 연주자들의 혼을 쏙 뺐던 음악 슈퍼바이저 마틴 로우가 연주자 각각에게 직접 쓴 손 편지와 함께 선물을 줬을 때는 깜짝 놀랐다. 아무 생각 없이 연주팀과 튜닝을 하다가 선물을 받았는데 받기만 해선 안 될 것 같아 부랴부랴 돈을 모아 예술의 전당 기념품 숍에서 신라 왕관 모형을 사서 선물했다. 미리 말 좀 해주지.

그러나 레플리카 작품과 관련한 진짜 '진한' 기억은 따로 있다. 여덟 살 때부터 오로지 뮤지컬 제작자라는 꿈 하나만 바라보고 살았다는 카메론 매킨토시를 만난 일이다. (그는 소위 카메론 매킨토시 프로덕션의 4대 뮤지컬《캣츠》《오페라의 유령》《미스 사이공》《레미제라블》을 만들어낸 프로듀서로, 그 공로를 인정받아 영국 여왕에게 작위도 받았다.) 내가 그를 만난 건 2012년《레미제라블》 국내 초연 때였는데, 그해는 뮤지컬《레미제라블》의 한국 초연이 이뤄진 해이자 영화《레미제라블》이 개봉한 해였다. 당시 카메론은 영화 속 장발장 역의 배우 휴 잭맨과 전 세계를 돌며 작품 홍보 중이었다. 그 와중에 뮤지컬 공연과 영화의 한국 홍보 일정이 겹쳐 카메론이 공연을 보러 오기로 한 것이다.

당시 공연 일정은 용인 포은아트홀에서 일주일만 공연하고 부산에서 공연한 뒤 다시 서울로 올라오는 것이었고, 카메론이 참석하기로 한 공연은 용인 공연 마지막 날이었다. 원작의 외국 스태프들은 포은아트홀에서 오프닝 공연을 보고 그날 밤 축하 파티를 마친 뒤에 본국으로 돌아갔다가 부산에서 다시 합류할 예정이었는데 웬걸, 그들이 일주일 내내 포은아트홀에 나타났다. 팀 보스가 온다고 하니 원작 스태프들 모두 일정을 변경한 모양이었다. 다들 안절부절 어쩔 줄을 몰랐다.

일주일 사이 그들은 다시 우리에게 이것저것 요구해댔다. 카메론 매킨토시 컴퍼니에서 전 세계《레미제라블》공연을 관리하는 로렌스와 아시아권 공연을 관리하는 연출 슈퍼바이저 크리스, 음악 슈퍼바이저인 제임스까지. 누구는 오케스트라 연주 템포가 빠르다고 하고 누구는 느리다고 하는 통에 정신을 차릴 수 없었다. 특히 크리스와 제임스의 말이 순간순간 서로 달라 정말 환장할 노릇이었다. 나는 '뇌를 펴자, 뇌를 펴는 거야, 깨끗하게. 난 다 할 수 있어, 그럼 할 수 있고말고. 이해하자. 보스가 온다잖아' 그렇게 속으로 되뇌면서 마음을 다독였다.

부산스러운 날들이 지나고 카메론이 오기로 한, 포은아트홀에서의 마지막 날. 제임스가 나를 따로 불렀다.

"문! 드라이빙! 카메론은 빠른 걸 좋아하니까 쳐지지 않게 부탁해. 드라이빙 업!"

하던 대로 실력을 보여주면 된다고 생각하며 덤덤했던 나도 그들의 안달에 긴장이 몰려왔다.

"문, 잊으면 안 돼! 하이라이트에서 쳐지지 않게, 드라이빙 업!"

오케이, 오케이. 이해했다고. 이제 그만 이야기해도 돼. 잔뜩 긴장해 있는 제임스를 도리어 내가 안심시킨 뒤, 공연이 시작되기 15분 전 카메론과의 미팅에 참석했다. 카메론은 이미 나를 알고 있었다.

"문, 얘기 많이 들었어요. 당신과 당신 오케스트라가 한국 프로덕션에 끼치는 영향에 대해서 많은 사람들이 얘기하더군요. 오늘 공연 잘 '드라이빙' 하길 바라요."

드라이빙이라… 쳐지지 말고 잘 운전하라는 거지? 제임스 말대로 드라이빙 업해야겠군. 나는 카메론의 말을 듣고 그렇게 생각했고, 그와 악수를 나누고 피트로 돌아와 공연을 시작했다. 그런데 1막 마지막 곡인 〈One Day More〉를 성공적으로 마치고 피트에서 내려왔을 때 가드 두 명과 제임스 그리고 우리나라 제작감독이 기다리고 있었다. 카메론이 나를 만나고 싶어 한다고 했다. 2막에 쓸 에너지를 비축하기 위한 쉬는 시간을 뺏겨 불만이었지만 내색하지 않고 그들을 따라갔다. 포은아트홀에서 두 달 가까이 연습하면서 한 번도 가본 적 없던 VIP룸이었다. 엘리베이터 안에서 제임스가 입을 열었다.

"문, 카메론이 뭐라고 하든 무조건 Yes라고만 대답해."

"무조건? 내가 꼭 그래야 하는 이유가 있어?"

"따지지 말고 그냥 Yes라고 해줘. 부탁이야."

대체 무슨 상황인가 싶었지만 제임스가 너무 안절부절못해서 일단 알겠다고 대답했다.

VIP룸에 들어갔을 때 카메론은 제일 안쪽 상석에 앉아 있었다. 일행이 나를 카메론 맞은편에 앉혔고, 크리스는 카메론 옆에 서서 공손하게 두 손을 앞으로 모은 채였다. 카메론이 곧 입을 열었다.

"문, 생각해봐요. 판틴(여주인공)이 공장에서 쫓겨났을 때 기분이 어땠을 것 같아요? 처절하지 않았을까? 그런 순간에 너무 빠르게 드라이빙한 것 아닐까요?"

세상에, 이런 이야기를 듣다니! 나는 며칠 전부터 '드라이빙

업!'하라고 부추긴 제임스를 째려봤다. 그는 제발 아무 말도 하지 말아 달라는 간절한 눈빛을 보내며 소리 없이 입모양으로 "Yes"라고 말했다. '예스? 예스으? 아니 이게 무조건 알겠다고 해서 될 일이야?' 너무 화가 났지만 꾹 참고 카메론의 이야기에 집중했다.

"〈ABC Cafe〉도 너무 빨라. 앙졸라(극 중 혁명군 리더)가 혁명을 앞두고 어떤 마음이었을까? 그런 마음을 헤아리지 않고 당신은 너무 빠르게 가고 있어요. 2막부터는 그들의 마음을 잘 생각하면서 지휘해줘요."

얼굴이 뜨겁게 달아올랐다. 억울하고 분하고 화가 머리끝까지 치솟았다. 레플리카 공연이었으므로 콧대 높게 구는 슈퍼바이저들의 요구를 최대한 들어주려고 최선을 다해 노력했다. 내 해석은 접어두고 원칙대로 원작 팀의 지시를 따랐다. 그런데 이런 이야기를 들어야 하다니. 솟구치는 화를 꾹 참고 한숨을 쉬면서 다시 한 번 "Yes"라고 대답했다. 소중한 휴식시간 10분을 그렇게 잡아먹히고 다시 공연장으로 내려오면서 별별 생각이 다 들었다.

'내가 생각 없는 지휘자로 보였나? 제임스와 크리스가 빠르게 하라고 했지만 심각하게 템포를 올리지는 않았는데. 한국말

카메론 매킨토시를 만났던 2012년 《레미제라블》 공연 당시의 악보

의 어순과 소리를 생각하고 생각해서 최선을 다했는데 내가 왜 이런 소리를 들어야 하지?'

좀처럼 화가 가라앉지 않았다. 다 관두고 나가버리고 싶었지만 그건 음악감독으로서 해서는 안 되는 일이기에 꾸역꾸역 다시 피트에 올랐다. 2막이 시작되고 지휘를 하면서도 머릿속으로는 '지금이라도 뛰쳐나갈까? 이 공연 티켓 값이 얼마지? 이대로 음악을 끊고 집에 간다면 물어줘야 할 돈이 얼마일까? 집 전세금을 빼면 해결할 수 있나? 엄마한테 얼마를 빌릴 수 있을까?' 같은 생각이 꼬리를 물고 이어졌다. 공연 중에 피트 위에서 내려가고 싶다고 생각해본 적이 단 한 번도 없는데 이런 일이 벌어지다니.

간신히 2막 공연을 마쳤을 때 카메론이 전 스태프를 불러 올렸다. 나도 빠질 수 없어 꾸역꾸역 미팅 장소로 향했다. 그런데 그가 활짝 웃으며 기진맥진해 나타난 나를 반겼다.

"문, 당신 정말 멋졌어! 좋았어! 환상적이었어!"

응? 아니, 갑자기 또 왜 이러는 거지, 하며 어리둥절해 있는데 카메론이 말했다.

"역시 내 말대로 하니까 좋잖아요. 자, 배우 여러분도 잘 들어봐요. 생각해줬으면 해요. 여러분이 왜 그 장면을 연기하는

지, 극중 인물이 어떤 감정인지. 그걸 꼭 생각하면서 연기했으면 합니다."

그 자리에서는 그날의 상황을 이해하지 못했는데 나중에 사실을 알게 됐다.

그날 카메론은 1막에서 여주인공 판틴의 주제곡을 듣자마자 공연장 밖으로 나와서 제임스와 크리스를 불러 혼냈다고 했다. 그의 이야기를 듣던 크리스가 카메론에게, "카메론, 당신은 늘 이렇게 요구했었잖아요. 원래 《레미제라블》 템포는 지금처럼 빨랐어요. 당신이 영화를 찍고 와서 이 템포가 빠르다고 느끼는 거예요. 영화 템포는 뮤지컬보다 느리니까요. 이게 원래 우리 템포였어요"라고 말했고, 그 말을 수긍한 카메론이 다시 공연장으로 돌아와 1막을 다 지켜본 뒤에 나와 이야기를 나누고 싶어 했다는 것이다. 그게 내가 쉬는 시간에 일어난 일이었다. 그 뒤에 카메론은 2막 공연까지 봤고 공연 관계자들에게 '문'이 이 작품에 좋은 영향을 끼치고 있다고 확신한다고 말했다고 했다. 거기까지 듣고 나니 맥이 빠졌다. 대체 나는 왜 2막 내내 그토록 괴로워했던가. 그건 그렇고 공연 도중에 화를 못 참고 뛰쳐나갔으면 어쩔 뻔했어.

당시 그 공연의 제작진 중 한 사람은 그 뒷이야기를 전해주었다.

"감독님, 카메론 작품은 모든 계약서 1조 1항에 카메론이 원하지 않으면 계약을 파기할 수 있다는 조건이 있대요. 실제로 스페인에서 자베르 역을 맡은 배우가 마음에 안 든다고 해서 공연을 1주일 미뤘단 이야기가 있어요. 어느 나라 공연에서는 거기 지휘자를 내리고 본인이 직접 지휘했다는 전설적인 이야기도 있고요. 까다롭기로 유명해서 그 사람 눈 밖에 나면 그냥 막을 내릴 수도 있겠다는 생각까지 했는데 아무 일 없었네요. 만약 감독님이 정말 마음에 안 들었으면 직접 불러서 얘기 안 했을 거예요. 제임스나 크리스한테 얘기하고 조치를 취했겠죠. 감독님은 카메론에게 노트note 받은 몇 안 되는 음악감독일 거예요. 그러니 마음에 두지 마세요."

그 말이 진실이건 위로였건 그의 이야기를 들으며 마음이 좀 풀렸다. 그러나 문제는 거기에서 끝나지 않았다.

카메론 측에서 나와 오케스트라에게 다음 날 서울에서 있을 영화《레미제라블》기자간담회에 와서 연주를 해달라고 요청해 왔다. 그 청을 차마 거절하지 못했다. 거절할 수 없었다는 게 맞을까? 어쨌든 용인 공연을 마치자마자 오케스트라 연주자들과 함께 서울로 이동했다. 그 자리에 동행한 크리스와 제임스가 내게 정말 미안하다며 사과하는데 다시 울컥 화가 치밀었다.

"있잖아, 우리는 다 할 수 있어. 나랑 내 오케스트라는 전부 가능하다고! 그러니까 제발 통일만 해서 알려줘. 제임스 템포, 크리스 템포 뭐든 다 맞출 테니까 통일해서 이야기해달라고!"

이런 내 속을 알 리 없는 카메론은 나를 만나자마자 새로운 주문을 했다.

"문, 〈At The End Of The Day〉 연주에서 공장 느낌이 나면 좋겠어. 들쑥날쑥한 사운드 말이야. 지금은 너무 정직해."

흠, 그러니까 공장에 모인 사람들이 합주를 하는데 하나의 소리를 내되 악기 개별적인 느낌이 다 살아 있었으면 좋겠다는 말인 건가? 각각의 개성을 살리되 하나의 소리를 내라? 그것이 얼마나 모순된 요청인지 알고 묻는 걸까 싶었지만 일단 "Yes"라고 대답했다. 말이 안 되는 주문이었으나 말이 되는 합리적인 대안을 찾아야 했다. 일단 연주자들에게 내 생각을 전했다.

"지금 하나의 소리가 나되 들쑥날쑥한 사운드였으면 한다는 요청이 들어왔어요. 다들 각자 악보에 있는 기호를 좀 더 명확하게 지켜주세요. 스타카토(음을 하나하나 짧게 끊어서 연주)는 확실하게 스타카토로, 레가토(음과 음 사이를 끊지 않고 원활하게 연주)도 레가토답게 해주세요. 제 생각엔 움직임도 중요한 것 같아요. 연주할 때 특징적으로 좀 움직여주세요."

다음 날 기자간담회장에서 마지막으로 이 작품의 메인 테마인 〈One Day More〉를 연주하고 들어갈 때 기자간담회장으로 걸어 나오던 카메론과 눈이 마주쳤다. 그는 싱긋 웃으며 손을 입에 가져가더니 내게 키스 브로Kiss Brow를 건넸다. 내 생각이 틀리지 않았던 것이다. 그 순간만큼은 나도 찡긋 눈인사로 그의 인사를 받았다.

나중에 배우 정성화와 그때 이야기를 할 기회가 있었는데, 성화는 이렇게 말했다.

"누나, 까다롭기는 해도 카메론이 역시 좋은 프로듀서인 것 같아. 뭔가 자꾸 생각하게 만들어."

'자꾸 생각하게 만든다.' 나는 성화의 말에 동의했다. 좋은 프로듀서는 자꾸 질문을 던지는 사람이다. 역할에 대해서, 연주에 대해서 생각하고 또 생각할 수 있도록 끊임없이 질문을 던지는 사람. 맞다. 그런 의미에서 카메론 매킨토시는 최고의 프로듀서였다.

사람이라는
홀씨가 낳은

내가 해온 작품들 중에는 세계적으로 잘 알려진 라이선스 작품도 많지만 개인적으로는 창작 뮤지컬에 조금 더 마음이 기운다. 생각해보면 나의 모든 처음은 창작 뮤지컬이었다. 뮤지컬이라는 장르에 첫 발을 내디뎠던 《명성황후》도, 음악감독으로서 첫 발을 뗐던 《둘리》도, 작곡가로 처음 참여했던 《내 마음의 풍금》도 창작 뮤지컬이었다. 물론 그런 이유만으로 창작 뮤지컬에 마음이 쓰이는 것은 아니다. 작곡가로, 슈퍼바이저로, 지휘자로 여러 창작품을 해오면서 우리의 가능성을 보았다. 과거에

비하면 창작 뮤지컬도 좋은 작품이 많이 만들어지고 있고, 배우, 오케스트라, 스태프 등 참여하는 사람들의 능력도 세계 어느 곳과 비교해도 부족하지 않다. 뮤지컬 붐이 일던 초창기에는 해외 스태프가 우리에게 기술을 전수하는 느낌이었다면 지금은 그쪽에서 먼저 함께 일하자고 연락을 해온다. 또한 뮤지컬 팬덤도 확실히 생겨났다. 한국의 뮤지컬이 성장하는 걸 지켜보고 함께하면서 '우리 것'에 대한 마음이 더 커지는지도 모르겠다.

창작 뮤지컬은 다양한 씨앗으로부터 꽃을 피우는데, 아예 새롭게 쓰이는 이야기도 있고, 소설이나 웹툰, 영화 등의 원작을 바탕으로 만들어지기도 하며, 때로는 역사적 사건을 각색해 만들기도 한다. 혹 어떤 작품은 우연치 않게 날아온 홀씨로부터 탄생하기도 하는데, 안중근 의사의 마지막 1년을 담아낸 이야기《영웅》은 그런 작품 중 하나였다.

이 작품의 제작사인 에이콤의 윤호진 대표가 이 작품을 어떻게 만들게 됐는지 들려준 적이 있다. 사연인 즉,《명성황후》 공연이 한창이던 때 한 남자가 윤호진 대표를 찾아왔다. 그는 본인이 안중근 기념 사업회 관계자인데 안중근을 주인공으로 한 뮤지컬을 만드는 게 어떻겠냐고 윤 대표에게 제안했다. 그러나 윤 대표는 이미 명성황후라는 역사적 인물을 주인공으로 한 작품을 무대에 올린 상황이었고, 다시 또 그런 이야기를 하고 싶은 생각은 없었기에 완곡히 거절했다. 그러나 그 이후로도 그는 몇 번이나 윤호진 대표를 다시 찾아왔다.

"안중근 의사가 법정에서 제일 먼저 이야기했던 게 바로 조선의 국모를 시해한 죄에 대한 것이었어요. 누가 죄인이냐는 것이죠. 명성황후에 대한 뮤지컬을 만드셨으니 당연히 안중근 이야기도 만드셔야 하는 것 아닙니까?"

윤 대표는 거듭 고사했지만 남자는 자꾸 찾아왔고, 그가 던진 질문은 윤호진 대표의 머릿속에 남아 맴돌았다.

'과연 누가 죄인인가?'

윤 대표는 거듭된 그 물음에 안중근이라는 인물이 궁금해졌다고 했다. 뮤지컬《영웅》의 탄생기였다.

이 작품에 참여했던 이야기를 잠시 덧붙여본다.《영웅》은 준비 단계에서부터 마음이 남달랐다. 서른셋 일생 동안 흠 잡힐 일 한 번 한 적 없던 사람, 유복하게 태어나 자기 재산을 나누고 학교를 세우고 평생을 나라의 독립에 몸 바친 사람.《영웅》에 참여하면서 처절하고 처참했던 한국의 근대사와 그 역사 속에서 뜨겁게 살다 간 안중근 의사의 이야기를 제대로 알려야겠다는 사명감이 자라났다.

이 작품의 작곡을 맡았던 오상준 작곡가도 다르지 않았다. 윤호진 대표와 처음 만났을 때 미팅을 하는 내내 가슴이 먹먹해져서 집으로 돌아가는 길에 남산에 있는 안중근 의사 기념관을 찾아가 참배를 했다고 했다. 그리고 바로 그날 집으로 돌아가 거실에 앉자마자 멜로디가 떠올랐다는데, 그 곡이 《영웅》의 메인 테마가 되었다.

지금도 《영웅》의 넘버들은 각각 독립성을 가지고 있어서 콘서트나 오디션 곡으로 많이 쓰인다. 주인공마다 확실한 테마를 가지고 있어서 각각의 음악이 모두 매력적이라는 장점이 있다. 많은 사람들이 《영웅》의 노래를 들으며 눈물을 흘린다. 오케스트라 연주자들이나 배우들도 《영웅》을 공연할 때만큼은 마음가짐이 달라진다고 했다. 지금과 같은 세상을 보지 못하고 떠난 우리의 영웅들에게 헌사하는 마음으로 공연에 임하게 된다고.

한편 《영웅》의 음악은 뮤지컬 《캣츠》《코러스 라인》《지저스 크라이스트 수퍼스타》 등의 작품으로 잘 알려진, 호주의 세계적인 뮤지컬 편곡자 피터 케이시가 편곡을 맡았는데 여러 가지 사정으로 MR 작업이 불가피했다. 뮤지컬 공연에서 MR을 사용할 때는 여러 가지 이유가 있다. 초기 제작비용이 부담스럽거나 잦은 지방공연 혹은 해외공연이 계획되어 있을 때, 무대장치로 인해 오케스트라가 있을 피트를 만들 수 없을 때, 규모 때문에 연주자를 세울 수 있는 극장 환경이 되지 않을 때 등의 경우에 부득이하게 MR로 오케스트라 연주를 대신한다. 어쨌든《영웅》도 MR 작업을 하기로 했고 호주 시드니의 스튜디오에서 녹음을 진행하기로 했다. 이를 위해 음악감독, 작곡가, 연출가 등 네 명의 메인 스태프가 3박 4일의 빠듯한 일정으로 호주로 향했다.

그 녹음 일정 중 피터 케이시의 아내 캐서린이 녹음실을 찾아온 적이 있다. 그때 우리는 〈동양평화〉라는 넘버를 녹음 중이었는데 음악을 듣던 캐서린이 눈물을 흘리기 시작했다.

"이 노래 왜 이렇게 슬퍼요? 너무 가슴이 아프네."

한국의 역사나 독립투사 이야기를 알 리 없는 그녀가 그 넘버 한 곡만으로도 아픔을 느꼈다고 했다. 그 모습을 본 피터가 아내를 다독이며 말했다.

"슬프지. 슬프고 아름다운 음악이야. 이 음악에는 그럴 수밖에 없는 사연이 있어."

피터는 캐서린에게 노래에 담긴 한국의 역사적 배경을 설명해주고는 우리를 돌아보고 말했다.

《영웅》 10주년 기념 공연 〈누가 죄인인가〉 MV(위)와 〈동양평화〉 MV(아래) 한 장면 © 에이콤

"아무것도 모르는 캐서린이 이렇게 눈물 흘리는 걸 보면 정말 음악이 극의 내용을 잘 전달하고 있는 것 같아. 사실 나도 이 작품에 마음이 뜨거워지고 애정이 생겨서 타로를 보러 갔는데 말이야. 내가 전생에 한국의 독립투사였다고 하더라고? 남의 얘기가 아니었던 거야. 하하하."

믿거나 말거나 전생에 한국의 독립투사였다던 피터 케이시는 이 작품으로 제16회 한국뮤지컬대상 시상식에서 음악상을 수상했다.

이름 모를 어느 한 사람의 제안으로 시작된, 대한민국의 가슴 아픈 역사를 담아낸 뮤지컬《영웅》은 개막 10주년을 훌쩍 넘긴 지금까지도 사랑받는 작품이 되었다. 그런데 안중근 이야기를 꼭 뮤지컬로 만들어야 하지 않느냐고 윤호진 대표를 찾아왔던, 안중근 기념 사업회 관계자라던 남자의 소식은 처음 그 이후로는 들리지 않았다. 윤호진 대표는 일단 작품을 시작했으니 완성하는 데 집중했고,《영웅》이 무대에 오른 뒤에 그 사람을 찾고자 했지만 만날 수 없었다. 그 이후 윤 대표가 수소문해 그를 찾아냈을 때 그는 이미 불의의 사고로 세상을 등진 후였다.

안중근 의사 서거 100주년 기념식에서 윤호진 대표는 연단에 서서 이렇게 말했다.

"몇 해 전 한 젊은 안중근이 나를 찾아왔습니다. 그 사람 덕분에 뮤지컬《영웅》이 만들어졌습니다."

그때
만약에

2011년 초여름의 어느 날, 반포대교를 지나 예술의 전당으로 가는 길이었다. 토요일이었고 도로는 차로 가득했다. 주차장처럼 꽉 막힌 사거리에서 신호대기에 걸렸다. 그 틈에 얼른 조왕연 대표에게 보낼 문자 메시지를 썼다. '대표님, 우리《서편제》가 열한 개 부문 후보에 올랐어요. 누가 뭐라고 해도《서편제》는 대표님이 만드신 거예요. 축하드려'까지 썼는데 신호가 바뀌었다. 휴대폰을 내려놓고 다시 운전대를 잡았다. 쓰다 만 문자는 나중에 마무리해서 보내야겠다고 생각했지만 그날은 낮과 저녁 공연이 연달아 있었고, 결국 메시지를 보내지 못했다. 그리고 바로 다음 날, 조왕연 대표가 세상을 등졌다는 비보를 접했다.

2010년 피앤피컴퍼니의 조왕연 대표가 영화 《서편제》를 뮤지컬로 만들겠다며 음악감독을 맡아달라고 나를 찾아왔을 때 음악감독을 제외한 다른 메인 스태프는 모두 결정된 상황이었다. 조광화 작가가 대본을 썼고 윤일상 작곡가가 작곡을, 이지나 선생님이 연출을 맡았다. 당시 극의 주인공인 송화 역은 소리꾼 이자람 씨가 캐스팅되어 있었다. 모두 업계에서 내로라하는 사람들이었다. 각 파트마다 믿음직한 아티스트들이 전부 모여 있는 작품을 마다할 이유가 전혀 없었다. 다만 극 특성상 음악은 양악과 국악이 어우러질 수밖에 없었는데, 공연장으로 결정된 연강홀의 규모가 양악, 국악 연주자들을 모두 수용할 수는 없어서 음악을 MR로 제작할 수밖에 없는 것이 아쉬웠다.

그래도 음악을 MR로 진행한 덕분에 《서편제》의 개막 첫 공연을 객석에서 볼 수 있었다. 분명히 함께 만들고 연습도 쭉 지켜봤던 작품인데도 막상 무대에 오른 공연을 보니 감회가 새로웠다. 객석에서 공연을 보는 내내 펑펑 눈물을 쏟았다. 그냥 운 정도가 아니라 오열을 했다. 누가 봤다면 김문정 감독 이 작품

하면서 무슨 일 있었나? 어떤 사연이 있나? 하고 오해할 정도였다.

공연은 몹시 아름다웠고 음악은 이루 말할 수 없이 무척 좋았다. 그리고 나는 부끄러웠다. 뮤지컬 음악감독으로 열심히 해왔지만 국악의 진가에 대해 너무 몰랐다는 사실을 깨달았고, 그것이 아프게 다가왔다. 쏟아낸 눈물은 공연의 감동 때문이기도 했고 음악을 업으로 삼은 사람으로서의 반성이기도 했다.

개인적으로 많은 위로를 받았고 감동했던 작품이지만 창작 뮤지컬이라는 타이틀 때문인지, 초연이라는 인지도 때문인지 흥행에는 참패했다. 매 공연마다 빈 객석이 많았는데 조왕연 대표는 스태프들에게 한 달에 열다섯 장씩 남은 티켓을 주곤 했다. 그게 너무 안타까워서 조왕연 대표에게 조심스럽게 물었다.

"대표님, 이러다 남는 거 하나도 없겠어요. 우리 티켓 값을 좀 낮춰보면 어떨까요?"

"그것도 방법이긴 하지만 초반에 제값 내고 봐준 관객들에게 미안하잖아요."

"그렇긴 해도… 객석이 너무 비면 배우들이 힘이 빠지잖아요."

"그건 그렇죠…. 연기하는 배우들이 힘 빠지죠. 비는 자리는 제가 어떻게든 채울게요."

다음 날부터 독거노인과 불우 청소년이 객석을 채우기 시작했다. 조왕연 대표가 어디에 표를 나눠줬는지 짐작하고도 남았다. 그의 마음을 알기에 더는 어떤 말도 할 수 없었다.

그토록 좋은 공연은 그렇게 어렵게 막을 내렸다. 사정을 잘 알고 있으니 예정된 개런티를 달라는 말도 할 수 없었다. 그래도 그는 시간을 두고 몇 차례에 걸쳐 약속한 금액을 전부 보내왔다. 알고 보니 그 돈은 조왕연 대표가 배우와 스태프 개런티 정산을 위해서 작품과 프로듀스 권한까지 다른 컴퍼니에 넘기고 해결한 것이었다. 그런 결정을 내렸을 때 조왕연 대표의 마음이 어땠을까. 그가 그 작품에 쏟아 부은 애정과 시간, 노력들을 생각하면 상상하는 것조차 마음이 쓰렸다.

다음 해 제5회 더뮤지컬어워즈 시상식에서 《서편제》는 최우수작품상, 작곡작사상, 연출상, 극본상, 조명상, 무대상, 의상상 등 열한 개 부문에 노미네이트가 됐고 조왕연 대표도 그 사실을 알았다. 결과적으로는 여우신인상, 극본상, 연출상, 여우주연상과 최우수작품상까지 다섯 개의 상을 받았으나 이미 저작권과 프로듀스 권한까지 넘어간 작품이었으므로, 시상식 당시 이 작품에 대한 그 무엇도 조왕연 대표와는 무관한 것이었다. 자신이 뼈를 깎아 만든 작품이 상을 받는 자리에 그는 함께할 수 없었다.

시상식이 있던 그 자리에는 그간의 사연과 조왕연 대표 자신의 심정을 담은 긴 유서만 남았다. 조왕연 대표의 장례를 마치고 시상식장에 온 조광화 작가는 "오늘 제가 입은 슈트는 고 조왕연 대표의 장례식장에서의 상복입니다"로 시작되는, 직접 준비한 긴 수상소감을 읽었다.

그 이후로도 《서편제》는 사라지지 않았고 2012년, 2014년, 2017년 계속해서 무대 위에 올랐다. 그런데 신기하게도 어느 해이든 《서편제》가 개막하는 날은 항상 비가 내렸다. 나는 그때마다 하늘에서 내리는 비가 조왕연 대표의 눈물이 아닐까 생각했다.

조왕연 대표는 스스로에 대해 "한 번 고마운 인연은 끝까지 붙들고 가는 사람"이라고 느릿하게 말하곤 했다. 그의 목소리가 지금도 생생하다. 가끔 그때 반포대교 남단 사거리에서 쓰다만 메시지를 마무리해서 전송 버튼을 눌렀다면 결과가 달라졌을까, 하고 생각해보고는 한다. 귀신을 무서워해서 종종 신에게 그런 건 보이지 않게 해달라고 기도하지만 한 사람만큼은 귀신이라도 좋으니 꼭 다시 만나보고 싶다. 말이 느리고 순했던, 조왕연 대표. 언젠가 훗날 그를 다시 만나게 된다면 그때 못 다 보낸 인사를 꼭 전하고 싶다.

"누가 뭐라고 해도 《서편제》는 대표님이 처음 만드신 거예요. 늘 고맙고 또 감사합니다."

마음은 시간을 거슬러

2011년에 개막한 《광화문 연가》의 음악감독을 제안 받았을 당시 나는 숨 가쁜 스케줄을 소화하고 있었다. 일할 때만큼은 겁이 없고 오히려 일을 즐기는 터라서 쉴 틈을 두지 않고 작품을 할 때였다. 《광화문 연가》는 고 이영훈 작곡가의 노래를 중심으로 한 주크박스 뮤지컬로, 제작사 측은 내게 음악감독만이 아니라 음악 슈퍼바이저까지 맡아주길 원했다.

작품의 중심이 될 노래의 작곡가가 작고한 상황이었으므로 음악과 관련해서는 듀엣, 솔로 등의 편성과 선곡 방향, 연출 의도 등을 더 깊이 고민해서 결정해야 했다. 그만큼 작업량과 작업 영역이 만만치 않을 일이었다. 이미 잡혀 있던 스케줄도 있어서 고민 끝에 그 제안을 고사했다. 그래서 방송인 김승현 씨가 이 작품과 관련하여 나를 만나고 싶어 한다는 이야기를 들었을 때에도 내가 《광화문 연가》를 하게 될 거라고 생각하지 않았다. 몇 번씩이나 만남을 거절했는데도 그는 이 작품과 관련해서 꼭 할 이야기가 있다며 시간을 내달라고 했다. 그 같은 상황에서 직접 인사라도 하는 게 예의일 것 같아서 나간 자리에서 뜻밖의 이야기를 들었다.

"영훈이가 세상 떠나기 전에 같이 《맘마미아》를 봤어요. 그때 영훈이가 자기 노래로 주크박스 뮤지컬을 만들고 싶다고 하더라고요. 그러더니 '지금 《맘마미아》를 지휘하고 있는 음악감독에게 내 노래를 맡기고 싶어'라고 했어요. 그때 그 음악감독이 김문정 감독님이었어요."

두 분이 함께 관람했던 《맘마미아》는 스웨덴의 전설적인 팝그룹 ABBA의 23곡으로 구성된 주크박스 뮤지컬로 2009년의 공연이었다. ABBA는 70~80년대 전 세계 대중음악을 대표하는 아이콘이었던 만큼, 공연 내내 연주되는 ABBA의 곡들은 관객의 추억과 향수를 자극한다. 80년대에 수많은 히트곡을 만들어냈던 이영훈 작곡가도 《맘마미아》를 보면서 본인만의 추억 여행을 떠나지 않았을까? 그래서 자신의 곡으로 채워진 공연을 꿈꾸게 되었던 게 아니었을까?

어쨌거나 김승현 씨의 이야기를 듣는 순간 나도 모르게 울컥했다. 나는 이영훈 작곡가와는 서로 모르는 사이였는데 잠깐이지만 어느 한 순간 같은 공간에 그와 함께였다는 사실과, 나는 몰랐을 시간에 누군가가 나를 생각한 마음을 헤아려보니 가슴이 뭉클해졌다. 두 분이 《맘마미아》를 관람한 것이 2009년이었으니 1년 가까이 지나서 전해진 마음이었다. 결국 그 한 가지 이유로 그 제안을 받아들였고 다른 스케줄을 조정하며 《광화문 연가》에 합류했다.

이영훈 작곡가의 노래는 모두 대중에 친숙한 음악이지만 그 곡들로 주크박스 뮤지컬을 만든다는 건 또 다른 문제다. 뮤지컬은 노래가 있는 극이고 극은 두 시간여 동안 기승전결의 구조를 띠고 진행된다. 당연히 공연에 쓰이는 넘버 역시 이야기를 따라서 기승전결을 그리며 나름의 규칙성을 지닌다. 그러나 대중가요는 어떤 곡이든 3분 30초 안에 사계절과 희로애락이 전부 녹아 있고 한 곡 자체로 완결성을 가진다. 그런 곡들이 전체적으로 극에 자연스럽게 녹아들도록 하는 작업도, 개연성 있는 이야기를 만드는 것도 쉬운 일은 아니다.

《광화문 연가》라고 해서 상황이 다르지는 않았다. 〈난 아직 모르잖아요〉 〈옛사랑〉 〈가로수 그늘 아래 서면〉 〈광화문 연가〉 〈깊은 밤을 날아서〉 〈소녀〉 〈가을이 오면〉 〈붉은 노을〉 〈이별이야기〉 〈사랑이 지나가면〉… 제목만 나열해도 멜로디가 저절로 떠오르는 노래들이었다. 이 아름다운 곡들을 만든 이영훈 작곡가가 살아 계셨다면 나는 음악 슈퍼바이저로서, 음악감독으로서 그와 의견을 나누고 보태며 극을 만들었겠지만 가능하지 않았다. 대체 어떻게 해야 관객에게 진한 감동을 줄 수 있는 작품을 만들 수 있을지 연출진 모두가 고민했다.

연출을 맡은 이지나 선생님은 "예술가는 시대에서 자유로울 수 없다"라고 말하며 이영훈 작곡가가 생전에 얼개를 짜놓은 이야기를 극의 뼈대로 내놓았다. 부와 명성을 얻었지만 늙고 병든 작곡가가 그리는 청춘에 대한 이야기였다. 그러고 보니 산뜻한 멜로디 안에 시대의 혼란이 녹아 있는 가사가 눈에 보였다. 가볍게 들을 땐 단순히 사랑 이야기라고 생각했던 노래 가사는 급변하는 사회를 살아가는 청년의 오늘의 괴로움과 미래에 대한 희망이 담겨 있었다. 박동우 무대디자이너는 이영훈 작곡가가 살아낸 세상을 무대 위에 악보와 음표로 표현하기 위해 흰

벽에 오선지를 그리고 그 위에 영상을 입혔다. 오선지는 돌담길이 되고 광화문의 큰 건물들로 변신했다. 그렇게 이영훈 작곡가의 노래들은 청년 이영훈이 살았던 시대를 무대 위에 그려냈고 공연은 매회 전석 매진이었다.

뮤지컬이 시공간을 초월한 예술이라지만 지금 생각해보면 《광화문 연가》는 관객에게 또 다른 의미였을 거라고 생각한다. 이 공연을 찾은 많은 관객들은 이영훈 작곡가의 음악을 동시대에 향유했던 사람들이었을 것이다. 무대 위에 펼쳐진 이야기와 극중 인물들에 빠져들면서도 공연을 보고 노래를 듣는 내내 각자 자기의 청춘과, 시대와, 자기의 이야기를 마음속에 그리지 않았을까? 어쩌면 이영훈 작곡가는 그걸 바랐던 게 아니었을까? 그 순간을 꿈꿨을 그의 마음이, 그가 만든 노래에 담긴 진심이 시공간을 초월해 지금 여기에서 모두에게 닿고 있었다.

공연을 올린 뒤, 노래 〈소녀〉의 주인공이자 이영훈 작곡가의 아내 김은옥 여사의 초대를 받은 적이 있다. 김은옥 여사를 방문했던 날, 그분은 남편이 이 자리에 있었다면 분명 좋아했을 거라며 격려와 칭찬을 듬뿍 해주시고 이영훈 작곡가의 귀한 소장품까지 챙겨주셨다. 남편의 소중한 음악이 어떻게 뮤지컬로 만들어질까 걱정하셨을 텐데 믿고 기다려주신 그 마음이 진심으로 감사하다.

함께 만드는
정원의 가치

어느 날 조용신 극작가가 제안을 해왔다.

"문정 감독님, 우란문화재단 지원받아서 작품 하나 만들어보지 않을래요?"

《레미제라블》 공연으로 한창 정신없을 때였다. 당시 재단의 창작개발지원사업 중 작곡가와 극작가가 작품을 기획하고 쇼케이스 형식으로 발표해서 공연 기획자나 프로듀서와 연결될 수 있도록 지원하는 사업이 있었다. 조용신 작가는 생각해놓은 작품이 있다고 했다. 오스카 와일드의 소설 『도리언 그레이의 초상』이었다. 이 작품은 인간의 아름다움과 그 뒤에 감춰진 추한 진실을 담은 소설이자, 발레, 연극, 드라마 등 이미 여러 장르로 리메이크된 작품이었다. 조용신 작가는 볼거리, 생각할 거리가 풍부한 이 고전소설을 뮤지컬로 만들면 매력적인 작품이 탄생할 거라며 나를 설득했다.

또 다시 덜컥, 하겠다고 답하고 말았다.《내 마음의 풍금》이후 음악감독 일이 쏟아지면서 작곡에 대한 갈증이 차오를 즈음이었다. 그럴 만한 여유는 없었으나 이번에도 욕심 앞에 무릎을 꿇었고, 늘 그랬던 것처럼 시간을 쪼개 쓰면 될 거라고 자신과 타협했다. 사실 육아와 일을 병행했던 시기에도 그랬지만 아이들이 큰 뒤에는 일 자체만으로도 바빴고 그 덕분에 시간을 더 빈틈없이 촘촘하게 쓰는 버릇이 생겼다. 쉰다고 멍하게 있는 시간이 아까워서 조금이라도 여유가 생기면 피아노 연습이라도 했다. 그래야 마음이 편했다. 사람들은 때때로 이런 스케줄이 물리적으로 가능하냐고 내게 묻지만 나는 내가 하고 싶은 일을 소화하기 위해서 잠을 줄였고, 이동하면서도 밥을 먹으면서도 작품에 대해서 곡에 대해서 생각했다. 몸이 어디에 있든 머릿속에는 한계가 없으니 상상으로 마음껏 집을 짓고 허물며 이쪽저쪽을 탐색해볼 수 있었다.

뮤지컬《도리안 그레이》의 쇼케이스를 열었을 때 여러 제작사에서 관심을 보였는데 최종적으로 씨제스엔터테인먼트와 손을 잡았다. 일본 뮤지컬《데스노트》를 들여와 제작했던 씨제스로서는 첫 번째 창작 뮤지컬이었다. 제작사와 주연배우가 정해지고 모든 게 순조롭게 진행될 때 이 공연의 연출을 맡은 이지나 선생님이 내게 물었다.

"김 감독, 근데 곡 쓸 수 있겠어? 도리안 그레이를 하기에 김 감독은 너무 건강한데?"

무슨 말씀이지? 그때는 선생님의 말씀을 이해하지 못했다.《도리안 그레이》의 곡 작업과 내 건강이 무슨 상관이 있다는 것인지 의아하기만 했다. 그러나 본격적으로 작업에 들어가고 나서야 그 물음의 의미를 정확히 알았다.

이 작품에 전반적으로 깔린 퇴폐적인 분위기와 향락 속에서 타락해가는 인간을 표현하기에 내 정신과 마음은 '지나치게 건강'했다. 좀처럼 한 인물이 가지고 있는 자기 자신에 대한 욕망과 환멸의 정서를 표현하기가 어려웠다. 나는 괴로운 순간에도 나를 놓아버리기보다 어떻게든 일으켜 세우는 쪽에 가까웠다. 굳이 따지자면 '바른 생활'을 추구해온 인간이었고, 내가 살아온 환경 역시 대체로 무난한 편이었으며, 주변에서 소설 속 주인공과 비슷한 인물은 찾아볼 수 없었다. 감사한 일이었지만 그때 나는 작곡가로서 소설 속 인물의 내면을 들여다봐야 했다. 그러나 그것은 좀처럼 보이지 않았고 알 수도 없고 공감하기도 어려웠다. 그때 생각했다. 아, 내가 이 세상을, 인간을 너무 모르는구나. 대체 어떻게 하면 망가져가는 인간의 마음을 대변할 수 있을까?

그런데 그 즈음 사람에게 깊이 상처 입는 상황에 놓였다. 그 덕분에(?) 마음고생을 꽤 심하게 했다. 몸은 너무 아팠고 마음은 지칠 대로 지쳐 심연으로 가라앉았다. 그런데 참 희한하게도 그제야 《도리안 그레이》에 어울리는 음률이 내 안에서 만들어지기 시작했다. 어둡고 차가운 소리가 흘러나왔다. 당시의 괴롭고 고통스러운 정서가 곡을 쓸 수 있는 원동력이 된 셈이었다. 심지어 곡을 쓰다 보면 혹시 《도리안 그레이》를 완성시키기 위해 내게 이런 시련이 닥친 걸까 싶을 정도였다.

"도리안 그레이를 하기에 김 감독은 너무 건강해"라는, 칭찬인지 지적인지 모를 염려를 했던 이지나 선생님은 여느 때와 다름없이 하루에도 열두 번씩 기분이 서울과 부산을 오갔다. 곡 하나를 넣었다 빼기를 반복하는 일은 다반사였고, 작곡가인 내 의도와 달리 갑자기 곡의 방향이 바뀌기도 했다. 이지나 선생님과 작업할 때 자주 겪게 되는 일인데, 그 때문에 선생님과 함께 작품을 만드는 일은 결코 편하거나 즐겁지만은 않다. 그러나 선생님은 작품에 관한 한 제대로 보는 눈과 듣는 귀를 가진 연출가여서 함께하면 분명히 공부가 되고 재미가 있다.

이 작품도 마찬가지였다. 추억을 회상하는 러브 송을 써 갔을 때 선생님은 곡을 듣자마자 레퀴엠으로 곡의 포지션을 바꿔 버렸다. 창작자로서 처음에는 울컥하게 되는 지점이지만 막상 설명을 들어보면 연출가로서 선생님 나름의 이유가 있다. 게다가 좋은 아이디어를 바탕으로 적재적소에 곡을 배치하는 감각이 탁월해서 결국은 수긍하게 되고 만다. 선생님은 좋은 건 확실히 좋고 아닌 건 확실히 아닌, 차갑고 뜨겁기로는 온도가 명확한 연출가였다. 메인 송을 써 갔을 때는 "곡이 좋으면 샴페인을 따고 나쁘면 소주를 마실 거야"라고 해서 어찌나 긴장했는지 모른다. (다행히 우리는 그날 모두 샴페인을 마셨다.)

쉴 틈 없이 바빴지만 매일 곡을 썼다. 틈틈이 8~16 소절씩 쓰고, 그걸 발전시키고 합쳐서 새로운 곡을 만들고, 혹시 그동안 참여했던 작품의 영향을 받아서 무의식적으로 그 작품 속 음악들과 비슷하게 만든 것은 아닌지 끊임없이 스스로를 검열했다. 그렇게 쓴 곡을 가까운 지인들에게 들려주고 다른 곳에서

《도리안 그레이》(2016) 시츠프로브 현장 © 씨제스엔터테인먼트

《도리안 그레이》(2016) 시츠프로브 현장 © 씨제스엔터테인먼트

들어본 적은 없는지 되물어보는 일이 일상이었다.

마지막으로 나를 괴롭힌 것은 다름 아닌 내 포지션이었다. 음악감독이 하는 일 중 하나가 '편집'이다. 편집은 준비된 곡을 작품에 맞게, 각 장면에 맞게 늘리고 자르고 적당한 곳에 이어 붙이는 작업으로 내가 제일 잘하는 일이었다. 그런데 《도리안 그레이》의 음악은 도저히 손을 댈 수 없었다. 이 작품에서만큼은 음악감독 이전에 작곡가였다. 처음부터 작품과 각 장면에 맞춰 쓴 곡들이었으므로 내 귀에는 자를 곳도 늘릴 곳도 이어 붙일 곳도 들리지 않았다. 어느 때보다 힘들게 만들어낸 곡들이라 더 그랬을 것이다. 《내 마음의 풍금》의 이희준 작가님처럼 의연한 태도로 다른 사람의 의견을 받아들일 수 없었다. 내가 음악감독으로 남아 있는 건 작품에 도움이 되지 않겠다는 판단 아래 믿음직한 후배 구민경에게 부탁했다.

한편 《웃는 남자》와 《마타하리》를 함께 작업한 제이슨 하울랜드라는 동갑내기 친구가 편곡을 담당했는데, 내가 마음을 정리하는 데 그 친구의 도움이 컸다. 제이슨은 항상 "아무 일도 아니야"라면서 "문정, 너는 그냥 네 안의 것을 끄집어내. 나머지는 나에게 맡기면 돼"라고 자주 말해줬다. 그 말이 내게는 마치 '너 혼자 싸우는 게 아니야, 내가 같이 해줄게'라는 의미로 들렸고, 정말 큰 힘이 됐다. 어쨌든 그 덕분에 곡은 점점 제자리를 찾아갔다. 사랑을 테마로 썼으나 이지나 선생님의 권유로 레퀴엠이 된 곡은 러닝타임이 너무 길어서 빠질 뻔했지만 김준수 배우의 아이디어로 커튼콜 음악으로 살아남았다.

분야를 막론하고 창작자라면 내 것에 대한 열망을 피할 길이 없다. 그건 안에서 자연스럽게 솟는 불꽃과 같다. 하지만 뮤지컬 세계에서 내가 만든 것은 다른 것과 어우러질 때 가장 빛난다. 정원에는 다양한 꽃과 식물이 있고 정원은 그 모두가 조화롭게 어울릴 때 가장 아름답다. 그래서 때로는 비죽 솟은 나뭇가지는 잘라내고 지나치게 뻗은 뿌리는 솎아내야 하는 법이다. 그걸 아는데도 막상 곡을 만들다보면 때때로 잘 받아들여지지 않는다. 가는 가지라도 칼을 대면 아프고 작은 꽃 한 송이라도 떨어내려면 속이 끓는다. 어렵게 뻗어낸 가지일수록 힘들게 피워낸 꽃일수록 더 그렇다. 그렇다는 것을 나는 이 작업을 하면서 깊이 알았다.

다행인 것은 이 정원을 함께 만들어가는 사람들이 있다는 것이다. 내가 앞으로 나아가지 못할 때 등을 밀어주거나, 내가 너무 홀로 달려 나갈 때 잡아주거나, 나를 조금 더 나은 방향으로 돌려세워주는 동료들. 《도리안 그레이》는 내가 했던 작곡 작업

중 가장 힘들고 고통스럽게 곡을 썼던 작품이지만 여러 사람의 아이디어가 더해지며 그들과 '함께' 만든 결과물이었다. 창작자들이 오리지널 캐스트, 초연의 향수를 잊지 못하는 건 아마도 이런 이유 때문이지 않을까? 함께한다는 것, 그것이 뮤지컬의 가장 큰 자산이자 보람이며, 뮤지컬이라는 장르의 가치라고 나는 여전히 믿는다.

무대와 함께 나이를 먹는다는 것

춤과 노래, 사랑과 혁명 이야기가 넘치는 세계 속에서 일하다 보니 내 나이를 크게 실감하며 살고 있지 않지만 가끔 한 번씩 지나온 시간과 지금을, 그리고 앞으로의 시간을 생각해보곤 한다. '황혼'이라는 단어가 언젠가는 내게도 찾아올 것이다. 이 일을 언제까지 계속 할 수 있을까? 내 인생이 어스름하게 질 때 나는 어떤 모습일까?

2008년에 개막한 주크박스 뮤지컬 《러브》는 치매를 주제로 한, 황혼의 노인들이 모인 양로원을 배경으로 삶과 사랑 그리고 죽음에 대해 이야기하는 작품이었다. 공연 내내 비틀즈의 〈Let It Be〉, 〈Obladi Oblada〉, 존 레논의 〈Grow Old with Me〉, 핑크 마티니의 〈Que Sera, Sera〉, 나나 무스쿠리의 〈Only Love〉, 더 애로우스의 〈I Love Rock 'n' Roll〉, ABBA의 〈Dancing Queen〉, 밥 딜런의 〈Forever Young〉, 엘비스 프레슬리의 〈Hound Dog〉 등이 흐르는 작품이다.

유럽과 런던에서 활동하고 있는 아이슬란드 출신의 젊은 극작가 겸 연출가인 기슬리 외른 가다슨이 쓰고 연출한 작품인데 아이슬란드의 수도 레이캬비크의 시티 시어터에서 전회 매진 사례였다. 이 작품을 논 레플리카 공연으로 국내에 들여온 건 에이콤의 윤호진 대표였고, 그는 내게 이 작품의 음악 슈퍼바이저 역할을 제안했다. 이 작품에 대해 이야기를 들었던 당시에 내 머릿속에 떠오른 첫 번째 의문은 이것이었다.

'노인들의 이야기를 관객들이 흥미로워할까?'

그 당시에도 뮤지컬의 주요 관객층은 20~40대였다. 청춘과 사랑 이야기를 바탕으로 한 작품이 주로 무대에 오르던 때였다. 나와 같은 이유로 우려하는 사람들이 적지 않았다. 그러나 윤호진 대표는 단호하게 《러브》와 같은 이야기도 세상에 필요하다고 말했다.

세상에 필요한 이야기. 맞다. 노년의 삶에도 희로애락이 존재하고 그만의 특별한 이야기가 있다. 단지 세상이, 무대가 그 시기의 삶을 조명하지 않을 뿐이다. 윤호진 대표와 이야기를 나눈 후 여러 가지 질문들이 나를 집어삼켰다. 노년의 사랑은 어떤 색깔일까? 만남과 이별의 의미가 젊은 날과 같을까? 그때는 삶을 어떤 시선으로 바라보게 될까? 얼마나 많은 것들을 기억하고 또 잊어버리게 될까? 그전까지는 특별히 고민해보지 않았던 주제였다.

우리 모두 나이를 먹고 있었다. 한때 무대 위의 스포트라이트를 한껏 받으며 빛나던 선배 배우들이 조금씩 무대 밖으로 밀려나는 모습을 떠올렸다. 기량은 아무리 훈련한다고 해도 느는 데 한계가 있다. 심지어 목소리도 늙는다. 아무리 톱 가수, 톱 배우들이 목소리 관리를 철저하게 한다고 해도 불가피한 일이다. 연주자도 다르지 않다. 경험이 쌓일수록 연륜도 쌓이고 소리에 깊이가 생기지만 인간의 신체는 노쇠를 피할 수 없으므로 아무리 노력해도 젊은 연주자의 스피드와 힘을 따라가기는 어렵다. 수백 년 자란 고목도 언젠가는 쓰러지고 마는 것이 자연의 이치다. 하물며 백 년도 못 사는 인간의 생은 말할 것도 없다. 그러니 한 번쯤은 이런 이야기도 필요한 게 아닐까?

뮤지컬《러브》에 참여하면서 이런 고민의 과정을 거친 건 이 일을 하는 내내 큰 도움이 됐다. 다양한 이야기가 필요하다는 자각, 누군가는 그런 이야기를 해야 한다는 책임감이 생겼다. 뮤지컬이 세상의 더 많은 이야기를 담아낸다면 훗날 나와 동료들, 더불어 관객들도 함께 성장하고 공감하며 행복할 수 있을 것 같았다.

이 작품에는 배우로서 어마어마한 경력이 있는 전양자, 이주실, 황범식, 김진태 선생님이 참여해주셨다. 무대를 준비하는 선생님들의 태도, 무대 위에서의 노련한 모습은 함께 작업하면서 큰 공부가 됐다. 연륜에서 나오는 여유와 깊이 그리고 품위는 그만한 시간을 겪지 않으면 절대 가질 수 없는 것이었다.

주역을 제외한 20여 명의 앙상블은 오디션을 통해 선발했다. '55세 이상 노인 배역 모집' 광고를 올리고는 과연 호응이 있을까 걱정했는데 생각보다 많은 분들이 오디션에 참가했다. 살아온 세월만큼 다양한 사연이 넘실대는 오디션장에서 공연에 더 잘 녹아들 수 있는 스무 명을 추려 연습을 시작했다.

전체 배우들의 평균 나이 60.6세.

이 노년의 앙상블 배우분들은 젊은이들과 다르지 않은 패기와 열정을 가지고 계셨지만 그분들이 동선과 노래 가사를 외우도록 하는 일은 결코 쉽지 않은 일이었다. 두 달여 기간 동안 연습하면서 하루에 세 번씩 런스루를 돌렸다. 그렇게 연습해도 이분들은 프로가 아니니 종종 깜빡하시곤 했다. 그럴 때마다 "내가 자꾸 까먹네, 김 감독" 하며 겸연쩍어 하셨지만 절대 포기하시지는 않았다. 지금까지 마주했던 공연 앙상블 중 손이 가장 많이 갔으며 연습을 가장 많이 해야 했다. 노인이란 통제가 어려운 여러 가지 변수들을 헤치며 살아남아야 하는 연령대라는 생각을 하게 됐다. 그리고 그 모습들 속에서 나의 10년 뒤, 20년 뒤를 생각하게 됐다. 나 역시 자주 잊어버리고 움직임이 굼뜨게 되는 날이 올 것이다. 그게 당연한 일인 줄 알면서도 때때로 마음이 잦아들었다.

그래도 이 공연의 연습 기간은 누군가의 사그라진 꿈을 다시 길어 올리는 일을 함께하는 시간이라는 점에서 의미가 있었다. 노인 배우들이 올드 팝을 부를 때 실제로 그 노래를 동시대에 향유했던 사람만이 뿜어낼 수 있는 특유의 정서가 무대와 잘 어울렸다. 나이가 주는 감동이라는 게 어떤 것인지 직접 목격할 수 있었다. 긴 세월을 건너온 인생 선배들의 아름다운 황혼을 잠시 엿본 기분이었다.

아이슬란드에서는 매회 매진이었던 이 작품은 국내에서는

별다른 주목을 끌지 못했다. 국내 공연 시장의 풍토로 보면 어쩌면 당연한 일이었을지도 모른다. 그러나 그 작품이 의미가 없었다고 생각하지는 않는다. 덕분에 무대와 이야기의 다양성에 대해, 관객에 대해, 우리에 대해 생각했다. 뮤지컬이라는 장르의 저변을 확장한다는 건 어디에서부터 어디까지일까? 이토록 뮤지컬을, 무대를 사랑하는 나와 내 동료들의 다음은 어디인 걸까? 좀 더 오래, 좀 더 많은 사람들과 함께 무대를 즐기기 위해서 무엇을 어떻게 만들어가야 할까.

관객의, 관객에 의한, 관객을 위한

공연의 3대 요소는 무대, 배우, 관객이다. 나는 이 셋 중 영향력으로는 관객이 제일이라고 생각한다. 공연은 관객에 의해 비로소 숨을 쉰다. 짧게는 몇 주에서 길게는 1년까지 매일 같은 공연이 무대에 올라가지만 매번의 공연이 다르다. 객석이 매일 다른 관객으로 채워지기 때문이다. 관객이 주는 기운은 말로 설명하기 어렵다. 객석에서 울려 퍼지는 박수 소리로 그날의 공연을 가늠한다. 관객이 많이 웃어주고 소리 내어 호응해주고 환호와 갈채를 보내주면 배우들과 스태프들은 기름을 가득 채운 자동차처럼 신나게 달려 나간다.

'이머시브 공연immersive theater'이라는 것이 있다. 관객이 작품을 감상하기만 하는 것이 아니라 적극적으로 작품에 참여하는 공연이다. 이머시브 공연은 어디로 튈지 모르는 관객들 덕분에 생동감이 배가 된다. 여러 가지 변수를 생각해 약속된 나름의 규칙은 있지만 분명히 예측 불가능한 부분이 있어 몰입도가 더 높다. 일반 공연보다 훨씬 더 직접적으로 관객의 반응을 느끼게 되기 때문에 매 순간 무대의 열기가 뜨거울 수밖에 없다.

대표적인 이머시브 공연으로 잘 알려진 작품은 셰익스피어의《맥베스》를 바탕으로 한《슬립 노 모어》라는 연극인데, 독특한 공연 방식으로 명성이 높았다. 뉴욕에 있는 매키트릭 호텔 건물 전체가 무대가 되고, 관객은 배우를 따라 '함께 걷고 뛰면서' 극을 관람하는 공연이었다. 이 작품을 국내로 들여오는 데 관심이 있던 한 제작사의 관계자가 뉴욕에 함께 가서 이 공연을 보고 오자고 했다. 파격적이고 새로운 공연을 국내에 올리려면 일단 우리가 먼저 경험해야 하지 않겠냐면서. 2019년, 코로나19 바이러스도 마스크도 없고 자가 격리도 없던 때였다.

공연장으로 들어가는 입구부터 독특했다. 티켓박스를 지나 어두컴컴한 로비에 들어서서 웰컴 드링크를 한 잔 마시고 나니 직원 한 명이 관람객에게 가면과 트럼프 카드를 한 장씩 건넸다. 잠시 후 드라큘라 코스튬을 한 남자가 나타나 외쳤다.

"스페이드 나오세요!"

내 손엔 '스페이드 4' 카드가 들려 있었다. 남자는 스페이드 카드를 내밀며 다가온 사람들에게 자신을 따라오라며 앞장섰고 나는 곧 함께 있던 동료들과 헤어졌다. 입장할 때 안내받기로, 뛰다가 소지품을 떨어뜨릴 수 있다고 해서 가방과 휴대폰을 프런트에 맡겨 놓았는데 설마 뉴욕에서 미아가 되진 않겠지.

가면을 쓴 채 한 치 앞도 보이지 않는 어둠을 헤치며 '드라큘라' 뒤를 쫓아 엘리베이터에 올라탔다. 엘리베이터가 움직이기 시작하자 드라큘라가 "이 건물은 6층으로 이뤄져 있습니다. 《슬립 노 모어》 공연에 오신 걸 환영합니다"라고 말했다. 잠시 후 문이 열렸고 무작위로 한 명이 문 밖으로 순식간에 밀려났다. 다음 층에선 두 명, 그 다음 층에서 또 한 사람이. 결국 마지막에 엘리베이터 안에 남은 사람은 넷이었다.

나를 비롯해 스페이드 카드를 들고 있는 관객들은 그런 식으로 흩어져 여섯 층에 이르는 건물 이곳저곳을 누비며 연극에 참여했다. 배우들은 각 층과 방을 옮겨 다니며 본인의 배역을 연기하고 있었다. 이 방에서 어떤 배우는 편지를 쓰고 있고, 저

방에서 어떤 배우들은 춤을 추다가 키스하더니 갑자기 싸우고 뛰쳐나가버렸다. 또 다른 곳에서는 한 배우가 요리를 하고 있는데 또 다른 배우가 찾아왔으며, 한쪽에서는 다른 배우들이 다 같이 노래를 부르고 있었다. 가면을 쓴 관객들은 어느 한 곳에서 배우들의 연기를 보다가 이동하는 배우를 따라 다른 층으로 옮겨 가기도 하고, 그 자리에 남아 있는 배우의 연기를 계속 지켜보기도 했다. 즉, 관객은 여섯 층의 백여 개의 방에서 진행되는 서로 다른 장면을 이쪽저쪽 옮겨 다니며 체험하는 식이었다.

시간의 흐름대로 전개되는 공연이 아니었고 관객들은 모든 장면을 다 볼 수도 없었다. 어디로 이동하느냐에 따라 이야기 순서도 바뀌었다. 그럼에도 불구하고 이 공연이 이야기하고자 하는 바는 이해가 됐다. 잘 짜인 기승전결의 이야기는 판타지에 가깝고 밀어닥치는 예기치 않은 일들 속에서 시간을 깁는 것이 인생이니까. 이 공연에서 뒤죽박죽으로 마주하는 장면들이 훨씬 현실과 닮아 있었다.

개인적으로 뉴욕에서 《슬립 노 모어》를 경험하고 앞으로의 공연은 이런 형식이 되겠다고 예감했다. 무대, 배우, 관객 3요소로 이루어진 극예술에서 항상 제삼자의 관찰자였던 관객이 비로소 주체로 참여하는 시대가 온 것이다. 일방적으로 어떤 이야

《슬립 노 모어》 공연 현장 © Lucas Jackson, 『The Guardian』

기나 감정을 전달받는 것이 아니라 능동적으로 극에 참여해 감동을 쟁취하는 적극적인 관객의 탄생. 그동안 무수히 많은 실험에도 크게 달라지지 않았던 극의 형태가 이런 식으로 바뀐다면 새로운 예술을 경험하기 위해 더 많은 사람들이 공연장을 찾지 않을까?

그 이후 이머시브 연극《위대한 개츠비》의 음악 슈퍼바이저와 뮤지컬《그레이트 코멧》의 음악감독을 맡게 됐다. 2020년에 개막한《위대한 개츠비》는《슬립 노 모어》와는 조금 다른 형태의 이머시브 극으로, 관객과 배우가 대화를 하거나 관객이 여주인공과 함께 옷을 고르고 카드놀이를 하고, 서로 춤을 가르쳐주고 배우는 식의 장면들이 극 중에 포함되어 있었다. 관객으로서는 책으로 읽거나 이미지로만 접하던 개츠비의 세상에 발을 들인 셈이었다. 관객이 배우와 대화하는 것은 가능하지만 배우들끼리 대사를 주고받을 때는 말을 걸어서는 안 된다는 몇 가지 규칙을 두었다. 그러나 그런 제한된 조건 안에서도 관객들은 마치 실제로 개츠비의 파티에 초대된 듯 한껏 흥이 오른 모습이었다. 관객은 극의 관찰자에서 주인공으로 마지막 퍼즐인 자기 자리를 찾아갔다.《위대한 개츠비》는 새롭고 매력적인 형식의 극이었지만 코로나19가 확산되면서 오픈 런(공연이 끝나는 날짜를 지정하지 않고 지속적으로 공연하는 것)으로 기획된 공연은 안타깝게 일찍 막을 내렸다.

이머시브 뮤지컬 《그레이트 코멧》도 코로나19로 우여곡절을 겪기는 마찬가지였다. 연습이 무기한 연기됐고 간신히 무대에 올렸지만 계획했던 관객 참여 장면은 30퍼센트 정도만 남기고 상당 부분 삭제했다. 원래대로라면 테이블이 놓인 객석의 한 구간은 실제로 음료가 허용되어야 했고, 관객은 배우들과 건배할 수 있었으며 등장인물의 편지를 대신 전해주거나 사윗감으로 무대 위에 등장할 수 있었다. 클럽 장면에서는 배우들과 함께 춤을 출 수도 있었다. 원작 그대로였다면 관객의 참여로 더 풍성했을 공연이었다. 심지어 보통은 무대 아래 피트에 숨어 있던 오케스트라가 무대에 함께 등장하는 것을 넘어 연주자들이 배우, 관객과 함께 춤을 추고 움직이는 공연이기도 했다. 그러나 이 역시 코로나19 때문에 한계를 둘 수밖에 없었다. 이런 경험을 관객과 함께했더라면 얼마나 좋았을까 싶어서 공연하는 내내 많이 안타까웠다.

좋은 공연은 관객에게 달렸다고 말한다. 배우와 스태프들의 에너지를 최상으로 끌어올리는 건 관객이기 때문이다. 한 명의 박수를 받을 때와 열 명, 백 명의 박수를 받을 때 발휘되는 에너

뉴욕 임페리얼 극장에서 공연된 《그레이트 코멧》 © Thomas Loof, 『VULTURE』

지는 다르다. 관객은 그렇게 수시로 우리를 들었다 놓는다. 관객이 웃으면 우리도 웃고 관객이 시무룩하면 우리도 기운이 빠진다. 한번은 어느 배우가 이런 말을 했다. "나는 꼭 무대 위가 심판대 같아요." 그 배우는 커튼콜이 마치 그날 공연의 평점을 매기는 자리 같다고 했다. 동의한다. 커튼콜 때마다 관객석에서 터져 나오는 박수소리에 따라 그날 공연에 대해 다시 생각하게 된다.

관객은 캄캄한 객석에 있지만 무대에서는 관객의 반응을 모두 다 느낄 수 있고 볼 수 있다. 가끔 관객석이 한 배우의 팬들로 채워진 공연에서는 관객이 '내 배우'를 좇느라 다른 배우들을 무심히 지나치기도 하는데, 그러면 그 순간 다른 배우들은 빛을 잃는다. 하지만 그럴 때마다 나는 모든 배우들에게 더 잘하자고 말한다. 제대로 잘해서 관객을 뮤지컬 자체의 매력에 흠뻑 빠뜨리자고. 어느 한 배우가 아니라 뮤지컬 자체를 즐기기 위해 다시 극장을 찾을 수 있도록 만들어보자고. 처음에는 단지 누군가의 팬이었던 관객이 뮤지컬 팬이 되는 경우가 적지 않다. 한 명의 배우를 보러 왔다가 점점 다른 배우가 보인다면, 무대가 보이고 음악이 들린다면 그걸로 성공이다. 그렇게 무대 위 모두에게 박수를 보내주게 된다면 더할 나위 없는 최고의 공연이 된다. 그래서 연출진으로서, 뮤지컬 인으로서 뮤지컬 저변 확대에 기여하는 스타 배우도, 그의 팬덤도 사실은 무척 고맙다.

《슬립 노 모어》의 국내 공연도 추진되고 있던 걸로 안다. 허물어져 가는 웨딩홀을 얻어 공사하는 중에 코로나19 때문에 무기한 연기됐다는 이야기를 들었다. 전염의 시대가 저물고 다시 일상을 찾게 되면 반드시 공연되리라 믿는다. 그땐 많은 사람들이 관객이 극에 참여할 수 있는 이머시브 공연을 꼭 한 번 경험해봤으면 한다.

배우가 무대를
두려워한다는 것

뮤지컬이 많은 배우, 스태프들이 함께 만들어가는 종합 예술이라고 하지만 작품의 얼굴은 결국 배우다. 무대 밖에서 작품을 준비하는 모두의 꿈을 무대 위에서 구현해내는 사람들이 배우들이다. 관객을 이야기 속으로 끌고 들어가는 일도, 비현실적인 이야기를 현실로 만들어내는 일도 최종적으로는 그들이다. 그러니까 배우란 백여 명의 스태프들의 꿈을 지고 무대 위에 올라가 다시 수백 수천의 관객을 꿈꾸게 하는 그런 존재다. 공연의 성패를 크게 좌우하는 것도 결국은 배우이기에 음악감독으로서 오케스트라뿐만 아니라 배우에게도 집중할 수밖에 없다.

무대 위에는 여러 배우가 존재한다. 극 전체를 이끌어가는 주·조연배우도 있고, 공연을 풍성하게 만들어주고 극에서 절대 빠져서는 안 되는 앙상블도 있다. 베테랑 중견배우부터 이제 갓 발을 뗀 신인배우도 있으며, 유명한 가수나 아이돌이 있기도 하고 뮤지컬이나 연극을 주로 해온 배우들도 있고 브라운관이나 스크린에서 주로 활동하는 배우들도 있다. 그들의 시작이 어디였든 중요한 것은 이것 하나다. 관객이 작품에 대해 기억하는 처음과 끝은 그들이라는 사실.

뮤지컬에 처음 도전하는 아이돌 친구들이 첫 무대에 오를 때 항상 해주는 이야기가 있다.

"혼자 하는 거 아니야. 무대에서 나랑 같이 노래하는 거야. 나랑 같이 한다는 건 오케스트라 전부와 함께하는 거야. 그러니까 절대 떨지 말고 연습한대로 해. 같이 할 수 있어. 힘내."

늘 팀으로 움직이던 친구들이기에 혼자 어떤 역할 하나를 책임진다는 것이 무겁게 느껴질 터였다. 더욱이 작품의 주역일 경우 전체 극을 끌고 가야 하므로 엄청난 부담을 느낄 게 당연하다. 그런 와중에 팀 활동과 병행하게 된다면 얼마나 힘들지 빤하게 보이고도 남는다. 그래서 종종 배우 대신에 매니저와 싸우기도 한다. 공연을 앞두고 무리한 스케줄로 배우를 지치게 하는 것 같을 때는 최소한 잠이라도 제대로 잘 수 있게 해주라고 화도 낸다. 웬만하면 배우의 스케줄에 관여하지 않지만 이렇게까지 하는 건 그가 '우리 무대'의 배우이기 때문이고 함께 잘해야 하기 때문이다. 우리 무대를 대표하는 배우가 떨지 않고 기량을 발휘해주는 것이 공연을 만드는 스태프나 보러 온 관객 모두에게 선물이 된다. 아이돌이든 그 누구든 무대 위 배우들이 100퍼센트의 기량을 다해주면 공연을 준비한 백여 명의 스태프에게는 그보다 더 큰 정서적 보상이 없다.

한 번은 아이돌로 활동하던 한 배우가 공연이 끝나고 한참 뒤 내게 이런 메시지를 보낸 적이 있다.

"감독님, 저는 그동안 카메라만 보고 노래했어요. 항상 제 노랫소리보다 환호소리가 컸고요. 저도 노래하면서 제 노래를 제대로 들어본 적이 없어요. 이번 공연을 하면서 처음으로 제 소리를 들을 수 있어서 공연 내내 감사했어요."

그의 말이 맞다. 노래하는 무대라고 해서 모두 똑같지 않다. 그걸 모른 채 뮤지컬 무대 위에 오르는 배우와 알고 오르는 배우는 확연한 차이가 있다. 다행이라고 생각했다. 그 친구는 그걸 알게 됐으니 앞으로 다른 뮤지컬 작품에 참여하게 된다면 분명히 다를 것이다.

신인배우들이 무대를 경외할 수 있게 되는 건 감독과 같은 헤드 스태프 때문만은 아니다. 그들에게는 좋은 본이 되어주는 배우 '선배'들이 있다. 예를 들어 황정민 같은 배우가 연습실에는 빼곡하고 그들의 일거수일투족이 후배들에게는 참고서와 같다. 좋은 배우는 맡은 배역과 작품의 완성도를 위해서 혼신의 힘을 기울인다. 공연이라는 것이 혼자 스포트라이트를 받기 위한 것이 아니라 모두가 함께 만들어가는 일이라는 걸 행동으로 보여준다.

2012년《맨 오브 라만차》의 돈키호테 역에 황정민 선배가 캐스팅됐을 때였다. 그 당시에도 대스타였던 그는 두툼한 수첩을 들고 연습실에 앉아 내게 부탁했다.

"감독님, 한 번만 다시 얘기해주세요."

선배는 하나부터 열까지 묻고 또 묻고, 적고 또 적었다. 작품 내용을 숙지한 건 물론이고 이미 캐릭터 분석도 다 마쳤으면서 확인하고 되묻는 작업을 계속했다. 그는 이미 연극으로 시작한 배우였기에 무대 경력도 어마어마한 배우였다. 성대가 거칠어 목소리가 둔탁하기는 했지만《맨 오브 라만차》의 돈키호테는 누가 봐도 그와 잘 어울리는 역할이었고, 하던 만큼만 해도 잘

할 게 분명했다. 그러나 선배는 자기의 약점을 누구보다 잘 알았고, 그래서 연습하고 또 연습하기를 멈추지 않았다. 그 모습을 지켜보며 그가 무대에 진심이고 무대를 경외하는 배우라는 걸 알았다.

마침내 공연이 시작되고 돈키호테로 분한 그가 무대 위에 올랐을 때 함께했던 배우, 오케스트라 연주자, 스태프 누구 할 것 없이 모두 숨이 멎을 것 같은 감동을 느꼈다. 가발을 쓰고 땀에 전 머리카락이 얼굴에 엉겨 붙어 결코 멋있다고 할 수 없는 모습에도 그는 아랑곳하지 않았다. 그는 모험을 떠나 온갖 역경을 딛고 나아가는 돈키호테 그 자체로 보이길 원했고 무대 위에서만큼은 진짜 돈키혼테였다. 거기에 스타 배우 황정민은 없었다. 그때 나는 배우란 저런 사람들이구나 싶었다.

연습량과 자기 관리로 치면 배우 옥주현도 빠뜨릴 수 없다. 옥주현이라는 배우는 자신의 공연을 최고로 만들기 위해 불도저처럼 모든 것을 밀고 나간다. 주현이가 공연 전 자기 관리하는 걸 보면 혀를 내두를 정도인데, 음식도 뜨겁고 매운 것을 피하고 기름진 것은 가려 먹으며 목을 보호하기 위해 큰 소리를 내지 않고 몸의 긴장을 푼다. 심지어 자신만 노력하는 게 아니라 무대에 서는 모든 이들이 노력할 수 있도록 독려하고 상대

배우의 개인 연습까지 돕는다.

누군가는 뭘 저렇게까지 하나 싶을 수도 있지만 사실 그녀가 옳다. 주연배우에서부터 앙상블까지 무대 위에 서는 모든 배우는 같은 무대에 대해 책임을 지고 있고 관객에게 최고의 무대를 보여줄 의무가 있기 때문이다. 옥주현은 '옥주현의 무대'와 '모든 배우의 무대'가 동일하다는 사실을 알고 있는 배우다. 모두가 완벽할 때 주연배우인 자신도 빛난다는 걸 안다. 그래서 음악감독으로서도 고맙다.

어느 날 주현이가 무대에서 꽃을 건넸다. 《엘리자벳》 마지막 공연이었다. 커튼콜 때 엘리자벳 역을 맡은 주현이 꽃을 들고 나왔길래 당연히 상대역인 토드에게 주는 거라고 생각했다. 커튼콜 내내 음악은 계속됐는데 주현이가 들고 있던 꽃다발을 내게 건넸다. 지휘를 하느라 허공을 휘젓던 두 팔에 꽃다발이 안겼던 순간이 두고두고 생각난다. 고생했다며 건네준 그 꽃다발은 그동안 받았던 어떤 꽃보다 향기로웠다.

최근 주목받고 있는 전미도 배우도 마찬가지다. 영화를 원작으로 한 뮤지컬 《원스》의 주인공으로 캐스팅된 미도는 사실 피아노를 칠 줄 몰랐다. 그러나 여주인공의 피아노 연주는 이야기에서 꼭 필요한 설정이었다. 배우 캐스팅 후 6개월쯤 지났을

때, 피아노 건반에 손도 대본 적 없다고 했던 미도는 능숙하게 피아노를 연주해냈다. 그 사이 얼마나 연습했을지 짐작이 가고도 남았다. 심지어 원작에서 여주인공은 '아일랜드에 사는 체코 여성'이라는 설정이라 독특한 억양의 영어를 썼는데, 그걸 우리말로 표현해내기 위해서 자기만의 억양을 만들어 왔다. 혹시라도 연변 사투리처럼 들리면 어쩌나 했던 스태프들의 걱정은 기우였다.

전미도 배우를 오래 기억하는 이유는 그녀가 언제나 무대 위에서 '전미도'가 아닌 작품 속 캐릭터로 완벽히 남는다는 데 있다. 그렇기 때문에 상대 배우들도 자기 배역 자체에 빠져들고 만다. 전미도 앞에 서면 누구나 배우가 된다고 해야 할까? 미묘한 차이지만 '연기'가 아닌 연기를 해내는 셈인데 그걸 지켜보면서 경이롭다고 느꼈던 적이 있다.

조승우는 노력하는 걸로도 인상적인 배우이지만 무대를 넘어 무대 안팎을 보는 배우라는 점에서 특별하다. 조승우가 제대 후 첫 작품으로 뮤지컬 《조로》를 선택했을 때였다. 《조로》의 음악은 세계에서 가장 유명한 집시 뮤지션이라는 '집시 킹즈'의 신나는 라틴 음악이었다. 플라멩코 리듬과 액션까지 신경 써서 가사가 번역되어야 했다. 승우를 비롯해 조로 역을 맡은 다른 배우들과 함께 의논해서 〈Hope〉이라는 넘버의 가사를 완성했고, 그렇게 함께 만들어 더 기억에 남는 작품이 됐다. 말투와 어미 처리까지 신경 쓰며 하나하나 적극적으로 아이디어를 쏟아내는 승우를 보며 배우로서 어떤 장르든 어떤 역할이든 자신에게 최적화시키는 데는 다 이유가 있구나 싶었다.

그는 항상 본인은 연기자이지 노래를 잘하는 사람이 아니라고 겸손하게 말하지만 나에게 조승우는 노래를 잘하는 배우 중 한 명이다. 그는 노래를 어떻게 해야 관객에게 감동을 주는지 안다. 뮤지컬 무대에서 노래를 잘한다는 건 단순히 가창력만을 말하지 않는다. 뮤지컬의 노래는 가사가 곧 대사이고 그만큼 가사의 '메시지' 전달이 중요한데, 그는 가사의 포인트를 짚어 거기에 담긴 메시지를 정확하게 전달한다. 그뿐만 아니라 승우 역시 혼자 돋보이기보다 동료 배우와 관객에게 좋은 영향을 주려고 노력하는 배우다.

한편《조로》는 뮤지컬 전용극장으로 지어진 블루스퀘어에서 개막하는 첫 작품이었다. 모든 것이 처음이었으므로 개막 전날 주변 지인들을 불러 에어컨, 난방, 음향 사운드 등을 체크하는 시험 오픈을 마쳤지만 아무래도 어수선했다. 예상대로 공연 개막 후 낯선 환경에 대한 관객들의 질타가 없지 않았다. 그 당시 주변 편의시설의 미흡, 화장실 동선의 문제, 사운드의 아쉬움 등 공연 내내 잡음이 있었다. 관객들이 블루스퀘어가 아니라 불쾌극장이라고 부르기까지 했다. 우리에게는 국내에 드문 뮤지컬 전용 극장이었던 만큼 몹시 소중했고, 그 같은 관객 평가가 아쉽고 속상했지만 누구 하나 뭐라고 말할 수 없었다.

마지막 공연 날, 박수 세례를 받으며 커튼콜을 마치고 주인공이었던 승우가 마이크를 잡고 관객들에게 인사할 차례였다. 승우는 그 특유의 덤덤하고 천천한 말투로 입을 열었다.

"여러분, 공연에 와줘서 고마워요. 그런데 제가 부탁드릴 게 있어요. 블루스퀘어 극장을 불쾌극장이라고 하지 말아주세요. 이곳은 우리나라에 몇 안 되는 뮤지컬 전용 극장이에요. 얼마나 고마워요. 우리 《조로》 팀이 블루스퀘어 오픈 멤버들인데 응원해주세요. 처음이라 부족한 부분이 있겠지만 이제부터 같이 만들어나가면 더 발전하겠죠? 자꾸 불쾌극장이라고 말씀하시면 저 속상해요. 하하하."

농담을 섞어가면서 하고 싶은 말을 유연하게 전달하는 승우를 보며 고맙고 부러웠다. 그가 얼마나 무대를 중요하고 소중하게 생각하는지 알 수 있었다. 하고 싶은 말을 피하지 않고 할 수 있는 용기도 대단했다. 무엇보다 누구도 나서서 하지 못한 이야기를 해줘서 정말 고마웠다.

현재 블루스퀘어 극장은 대관하기 어려운 극장으로 손꼽힌다. 많은 작품들이 줄을 서서 대기하는 극장이다. 이 에피소드를 써야 하나 고민이 많았다. 어느 공간이나 초기의 삐걱거림은 있기 마련인데 굳이 그걸 들춰내는 건 아닌지 걱정스러웠다. 그럼에도 조심스럽게 이야기하는 이유는 자신의 영향력을 쓸 줄 아는 조승우라는 배우에 대해 말하고 싶었기 때문이다. 스포트라이트를 받는 모두가 승우처럼 하지는 않는다. 그는 자기 위치와 그에 따르는 책임의 무게를 알고 좋은 방향으로 영향력을 행사하는 사람이다. 무대 위에서나 밖에서나 적당히 무심하면서 한없이 꼼꼼하고, 남에게는 관대하지만 스스로에게는 엄격한 사람. 승우가 보여주는 삶의 일관성은 주변에 좋은 본보기가 된다.

황정민 선배를 비롯해 지금 언급한 배우들 외에도 이름만으로도 무대를 책임지는 많은 배우들이 있다. 성별과 나이가 다르고, 출발점이 다른 배우들이지만 이것 하나만큼은 모두 같다. 무대를 허투루 보지 않는다는 것이다. 무대 위에 서는 무게를, 스포트라이트를 받는 것의 무게를 안다. 무대 밖 어둠 속의 수십 수백 명이 흘린 땀과 객석을 채운 관객의 소중함을 안다.

승우가 함께 공연할 때마다 늘 하는 말이 있다.

"누나, 나는 아직도 무대가 두려워. 노래 레슨 좀 해줘."

무대가 두렵다는 말, 그 말을 나는 소중하게 듣는다. 모든 배우의 출발은 거기에서부터가 아닐까.

《맨 오브 라만차》 (2021) © 오디컴퍼니

무대에
우리가 없다면

오늘도 박광남 선생님께서 다녀가셨다.

"공연 내내 서서 팔 한 번 못 내리는 문정 감독이 제일 힘들어. 제일 힘든 일을 하는 사람이니까 잘 쉬어야 해."

박광남 선생님은 뮤지컬 스태프 중 가장 연세가 많은 분이다. 최고 연장자일 뿐만 아니라 이 업계에서 50여 년 가까이 특수효과 일을 해오신 대선배로, 지금도 뮤지컬 외에도 영화 쪽에서도 활약이 대단하시다. 화약이나 대포, 총을 쏘는 장면이 있는 공연에서는 늘 박광남 선생님을 뵙는다.

선생님은 늘 마지막까지 무대 안팎을 돌며 꼼꼼하게 확인하신다. 자칫 특수효과가 잘못되면 위험한 사고가 발생하거나 공연에 차질을 줄 수 있기 때문이다. 물론 특수효과를 담당하는 선생님 후배들이 따로 있지만 그래도 선생님은 무대를 떠나시는 법이 없다.

캠코더로 영상을 찍는 취미가 있어 무대 구석구석 숨겨진 뒷모습을 촬영해주신 적도 많다.《명성황후》해외 공연 때 찍어주신 영상은 지금도 개인 자료로 잘 소장하고 있다. 차분하게 공연 전체 흐름을 읽는 대선배가 있다는 건 참 든든한 일이다. 선생님을 뵐 때마다 80세에도 무대가 필요로 하는 사람으로 존재할 수 있다는 사실에 동료로서 뿌듯하다. 그 덕에 나 또한 오래도록 무대에 남는 꿈을 꾼다.

뮤지컬 한 작품을 무대에 올리는 데 함께하는 백여 명 이상의 스태프는 한 명 한 명 모두 전문가다. 한 파트 한 파트 중요하지 않은 일이 없다. 무대, 기술, 미술(분장, 의상, 소품), 조명, 음향, 음악, 안무, 연출 등 절대로 빠져서는 안 된다. 무대 아래 좁은 피트 안에서 연주하는 오케스트라 연주자들뿐만 아니라 냉난방도 되지 않는 객석 위 실링이라는 천정 공간에서 무대 위 배우들을 비추는 조명팀. 배우들이 빨리 옷을 갈아입고 다음 장

《모차르트!》(2020) 무대 리허설 현장 © EMK뮤지컬컴퍼니

면을 준비할 수 있도록 도와주는 의상 헬퍼들, 배우들 땀에 마이크가 젖을까봐 무대 뒤에서 휴지나 수건을 들고 대기하는 음향 스태프들, 무대 위 장치들이 작동하게 하는 기술 무대 스태프들, 스케줄을 정리하고 공연과 관련한 공지를 전달하는 컴퍼니 분들부터 마케팅팀, 홍보팀, 티켓 부스의 직원 등 공연장 밖에서 분주히 움직이는 스태프들까지. 사각지대라고 표현해도 될 만큼 보이지 않는 곳곳의 수많은 사람들의 노력으로 만들어지는 것이 공연이다.

모두가 다 존경스럽지만 특히 무대 파트는 함께 일하다 보면 경외심이 생기곤 한다. 어떤 공연이든 무대감독님은 절대로 안 된다고 말하지 않는다. 그게 무대감독의 미덕인가, 라는 생각이 들 만큼 무대와 관련한 요청이라면 고심해서 가능한 한 해결책을 찾아준다. 아마 무수히 많은 공연을 통해 터득한 지혜일 것이다. 심지어 무대감독은 배우들의 컨디션까지 인지하고 있어야 하기 때문에 배우들의 모든 대소사와 경조사는 물론, 여배우의 생리 기간까지 체크한다는 이야기가 있을 정도다. 공연이 끝날 때까지 문제 없이 마무리할 수 있도록 모든 것을 통솔하는 게 무대감독의 일이다.

간혹 사람들이 연출가와 무대감독을 혼동하곤 하는데, 연출가가 공연이 시작되기 전까지 공연을 철저히 준비하는 역할이라면 무대감독은 공연의 시작과 함께 무대의 모든 상황을 책임지는 사람이다. 항상 몸으로 뛰면서 열정적으로 일하는 무대감독님을 비롯한 무대팀 스태프들을 볼 때마다 저렇게 현명하게 일하자고 다짐한다.

그 외에도 미술팀, 의상팀, 분장팀, 안무팀, 조명팀, 기술팀, 음향팀의 각 감독님과 스태프 등 함께 일하는 동료 모두가 좋은 스승들이다. 공연을 하면서 모든 스태프들이 서로 돈독해지는 건 모두가 한 가지 목표를 향해 달려가기 때문이다. 최고의 무대를 만들어보자는 목표, 그것 하나다.

한 가지 업을 오래도록 해오면서 그 속에 깊숙이 관여하고 있는 입장에서 보이지 않는 자리에 불빛을 비추고, 거기에서 고군분투하는 사람들을 세상에 알리는 것도 내 역할이라고 생각한다. 무대 밖의 숨은 자리에서 땀 흘리는 사람들을 밖으로 불러내고, 먼저 길을 닦고 간 선배들을 드러내 광을 내는 것. 무대 위의 앙상블을 비롯해 각자의 자리에서 자신의 책임을 다하는 스태프들까지 공연을 만드는 모든 사람들이 존중받고 사랑받기를 바란다.

2019년 《시티 오브 엔젤》 무대 위에 자리 잡은 피트

《맨 오브 라만차》 (2015) © 오디컴퍼니

뮤지컬 음악의 구성

뮤지컬 음악을 들을 때 뮤지컬 플롯을 알고 보면 좀 더 재미있는 경험을 할 수 있다. 요즘은 다양한 형태의 뮤지컬 작품이 등장하면서 점차 규칙이 깨지고 있지만 많은 뮤지컬 작품이 플롯대로 음악을 구성한다.

오버추어Overture

극이 시작될 때, 전체 조명이 반 정도 켜질 때 연주되는 서곡이다. 오버추어는 공연의 기대감을 높이고 관객들이 공연에 몰입할 준비를 돕는 역할을 한다. 보통 주요 곡의 메들리로 짜인다. 요즘은 음악이 연주되기 전에 배우의 대사부터 나오는 등 오버추어 없이 시작되는 공연도 많다.

컴퍼니 송 Company Song

오버추어 뒤에 나오는 컴퍼니 송은 전체 앙상블이 나와서 극의 시대 배경과 앞으로 벌어질 사건에 대해 설명하는 노래다. 컴퍼

니 송은 굉장히 중요한데 이 곡으로 관객을 휘어잡아야 남은 시간 동안 관객을 극에 몰입시킬 수 있기 때문이다. 관객이 마음을 열 수 있도록 안무와 합창이 최대치로 허용되고 최대한 완성도 있게 구성한다.

익스포지션 넘버 Exposition Number

주인공이나 주연급의 조연들이 주요 사건에 대해 깊이 있게 언급하는 노래. 컴퍼니 송에서 전반적인 내용을 언급했다면 익스포지션 넘버에서는 좀 더 구체적으로 스토리를 소개한다. 이 때문에 익스포지션 넘버는 무엇보다 가사 전달이 중요하다.

프로덕션 넘버 Production Number

《브로드웨이 42번가》의 탭댄스, 《미스 사이공》의 헬기 장면 등 제작사가 가진 자산과 기술력, 연출진, 배우들의 능력을 보여주는 장면이다. 우리 프로덕션만이 할 수 있는 장면이라는 제작사의 자부심이 보인다. 어떤 작품을 생각할 때 연상되는 장면을 생각하면 된다. 모든 장면에 힘을 주면 역효과가 나기 때문에 프로덕션 넘버는 주로 강렬한 한 곡이다.

쇼스토퍼Showstopper

쇼와 스톱의 합성어로, 쇼가 잠깐 멈추는 기능을 하는 곡이다. 옛날에는 쇼스토퍼 역할을 하는 배우가 굉장히 중요했다. 한 장면이 끝나면 막을 치고 다른 장면을 준비하는 동안 관객의 눈을 속여야 했기 때문이다. 대부분 극 중 코믹한 캐릭터가 쇼스토퍼를 맡고 노래도 경쾌하다. 외국은 쇼스토퍼라는 배역이 따로 있을 정도로 인기가 많다. 이 역할을 담당하는 배우는 자연스럽게 관객과의 대화도 가능해야 하고 관객의 시선을 사로잡을 연기력도 갖춰야 한다.

리프라이즈Reprise

리프라이즈 곡은 두 가지의 기능을 한다. 관객에게 익숙함을 주고 다양하게 변주되면서 극을 풍성하게 만든다.《맨 오브 라만차》 공연에는 〈Impossible Dream〉이 9번 나온다. 각기 다른 장면이고 다른 배우가 부르는 다른 넘버 같지만 같은 리프라이즈에서 파생된 것이다.《레미제라블》의 〈One Day More〉는 판틴의 〈I Dreamed A Dream〉과 떼나르디에의 넘버, 장발장의 〈Who Am I〉 가 합쳐진 곡이다. 리프라이즈가 어떻게

활용됐느냐에 따라 작품의 깊이가 달라진다. 리프라이즈를 잘 쓰는 작곡가로 앤드루 로이드 웨버, 클로드 미셸 숀버그 등이 있다. 그들은 수수께끼하듯이 극 중에 리프라이즈를 심어놓는다. 음악감독이 그것을 하나씩 분석해내게 되는데 이 작업이 아주 흥미롭다. 한 예로《에비타》공연에서는 체 게바라가 장례식을 보면서 부른 〈Oh What A Circus〉가 있다. 리듬이나 분위기가 전혀 다른 것 같지만 이 곡은 〈Don't Cry for Me Argentina〉와 같은 곡이다. 나 역시 두 곡을 연주하면서 웨버가 과연 어떤 곡부터 작곡했을까 생각해보는 재미가 쏠쏠했다.

공연을 보면서 이런 것들을 찾아내는 것도 극을 즐기는 큰 재미가 된다. 참고로 리프라이즈를 쓰지 않는 작곡가도 있는데, 스티븐 손드하임은 사람의 감정이 어떻게 똑같이 반복될 수 있냐고 하면서 전부 다른 멜로디로 극을 채운다. 이렇게 감정을 제 각각으로 전달하는 손드하임의 넘버는 오디션에서는 잘 불리지 않지만 무대와 만났을 때는 작품과 기가 막히게 잘 어울린다.

뮤지컬 프로덕션 크레디트

1. Creative Team

- **프로듀서**: 작품 선정, 창작팀 구성, 캐스팅, 제작비 마련, 마케팅 관리 등 제작 관련 모든 것을 결정하는 책임자
- **작가(각본 및 가사)**: 작품의 이야기를 만드는 창작자
- **작곡**: 작품의 음악을 만드는 창작자
- **편곡**: 작곡된 멜로디에 반주와 코러스 등을 입혀 작품에 맞도록 풍성하게 만드는 창작자
- **연출**: 각본을 바탕으로 배우의 연기뿐 아니라 조명, 무대, 의상, 음악 등 여러 분야를 챙기는 총괄관리자
- **안무**: 작품에 맞는 안무를 구성하는 창작자
- **음악 슈퍼바이저**: 곡을 재배치하고 작품의 특징을 살려 음악의 구조를 만드는 창작자

2. Designer Team

- **무대디자인**: 무대를 구상하고 제작하는 파트

- **조명디자인**: 무대에 쓰일 조명을 각 장면에 맞게 배치하는 파트
- **음향디자인**: 극에 맞춰 준비한 음향효과와 음향시스템을 유지, 관리하며 공연장 내 소리에 관한 모든 것을 책임지는 파트
- **의상디자인**: 극중 캐릭터를 표현할 의상을 디자인하는 파트
- **분장디자인**: 메이크업과 가발 등 캐릭터를 만드는 데 필요한 외형적 요소들을 디자인하는 파트
- **소품디자인**: 무대에 놓여 작품의 완성도를 높여줄 소품을 디자인, 관리하는 파트
- **영상디자인**: 무대배경 및 연출 의도에 따라 필요한 다양한 영상제작 파트
- **특수효과 디자인**: 공연의 완성도를 높이기 위한 다양한 기술적 장치 제작 및 관리 파트

3. Directing Team

- **음악감독**: 전체 작품을 분석해 극의 음악을 이끄는 디렉터
- **무대감독**: 공연 시작 전 무대, 조명, 음향, 배우, 객석 등 모든

것을 체크하고 공연 시작과 함께 무대와 백 스테이지, 객석까지도 책임지는 디렉터
- **기술감독**: 무대 제작에 필요한 기술적 요소들을 미리 예측하고 기획해 실현하는 디렉터

4. Managing Team
- **제작감독**: 사전 기획, 캐스팅, 계약 진행, 제작, 마케팅까지 전 과정에 관여하며 관리하는 디렉터
- **컴퍼니 매니저**: 각 분야 전문 인력 확보, 공연 일정 조율 및 관리 매니저
- **홍보&마케팅 매니저**: 일정 조율 및 공연의 홍보와 마케팅을 구상하는 매니저
- **극장 매니저**: 대관 극장의 매니저로, 공연 관련 인력 및 공연의 시작과 끝까지 공간에 대한 모든 관리를 맡아 하는 매니저

5. 출연진
- **배우**: 역할을 맡아 무대 위에서 연기를 하는 사람들

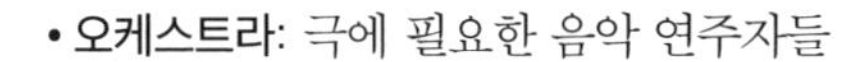

- **오케스트라**: 극에 필요한 음악 연주자들

그 외 각 파트별 조감독 및 엔지니어, 악기관리팀, 행정과 컴퍼니 직원들, 티켓 관련 온오프라인 인력, 공연장 안내요원, 공연장 안전요원 등

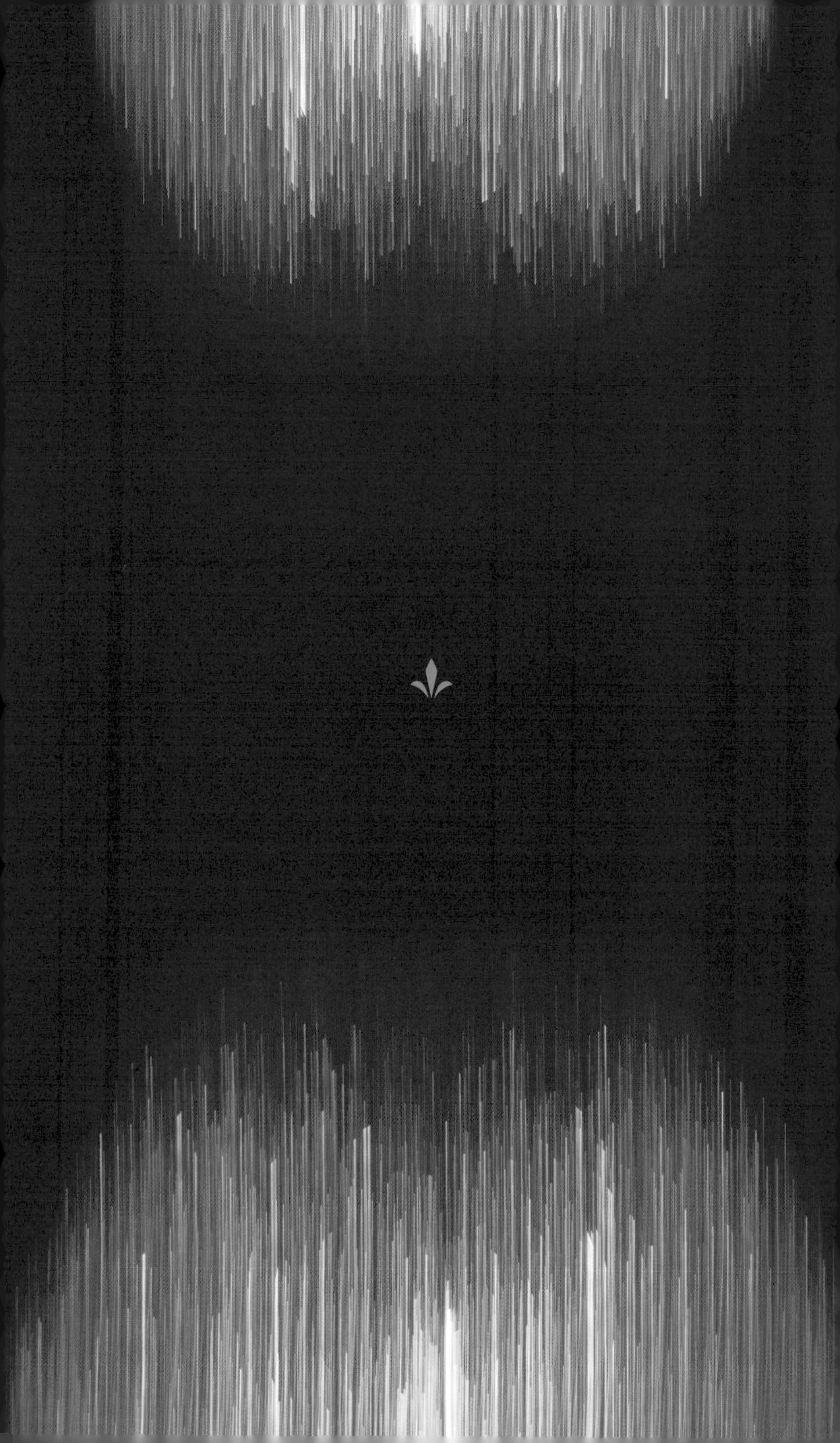

Production Number

피트, 어둡고 찬란한 우주

이것이 '오케피'

언젠가 해보고 싶다더니 황정민 선배는 뮤지컬 《오케피》를 세상에 선보였다. 직접 투자를 감행했고 원하는 극장을 대관하기 위해 프레젠테이션까지 해서 따냈다. 선배의 제안으로 나도 작품에 참여했다. '우리들의 이야기를 우리만큼 잘할 사람은 없지'라는 자신감과 '우리들의 이야기를 제대로 들려줘야 해'라는 긴장감을 안고 공연 준비에 들어갔다. 연습을 시작하자 업계 사람들이 작품 제목을 듣고 툭툭 한마디씩 던졌다.

"그거 뻔한 얘기 아니야? 오케스트라 피트에서 일어나는 일이라고 해봐야 뻔하잖아. 그걸 사람들이 돈 내고 볼까? 우리에게만 재미있는 이야기 아닐까?"

그런 얘기를 들을 때마다 애써 웃으며 대답했다.

"프랑스 혁명을 알아서《레미제라블》이 재미있나요, 뭐. 사람들이 아르헨티나 역사를 잘 알아서《에비타》를 봤을까요?《빌리 엘리어트》가 발레 공연이 아니고,《서편제》가 판소리만 하지 않잖아요? 모든 뮤지컬의 주제는 인간사인 걸요. 인간에 대한 얘기가 소재이고 주제인 것뿐이죠. 오케스트라 피트라는 공간은 뻔할 수 있지만 그 안에서 일어나는 인간사는 결코 뻔하지 않아요."

실제로 피트는 화려한 조명은커녕 작은 불빛도 조심스러운 공간이다. 어둡고 좁다. 무대장치에 따라 규모가 결정되기 때문에 넉넉한 공간에서 연주하는 일은 드물다. 무대를 넓히기 위해 기둥 하나라도 더 세우게 되면 연주자들이 나란히 앉기도 힘들다. 소음과 공간 등의 문제로 냉난방 설비를 들여놓는 것도 어렵다. 어떻게든 놓으려고 하면 놓을 수도 있겠지만 좁은 공간에서 급격한 온도 변화는 악기에 치명적이라서 연주자들 모두

'차라리 없는 쪽'을 선택한다.

연주자에게 악기는 자기 몸보다 소중하다. 수백 수천만 원에 이르는 금액도 이유이겠지만 악기가 사라지면 연주자의 존재 이유가 없어지기 때문에 모든 연주자가 악기를 애지중지한다. 우리나라는 사계절이 뚜렷해 악기도 연주자도 고생이 많다. 더운 여름이나 추운 겨울이면 피트 안은 진풍경이 펼쳐진다. 거의 모든 연주자들이 본인은 안중에 없다. 최대한 악기가 여름에는 시원하고 겨울에는 따뜻한, 쾌적한 환경에 놓이도록 하기 위해 안간힘을 쓴다. 옷 속에 악기를 품고 있는 사람, 가습기를 악기 쪽에 두고 쐬어주는 사람, 악기에 부채질해주는 사람 등 각양각색이다. 악기라는 게 얼마나 섬세한지 한두 시간 만에 주변 환경의 영향을 받아 소리가 달라지기도 한다. 변덕이 이만저만이 아닌 친구다. 악기가 최상의 컨디션을 유지할 수 있도록 노력을 기울이는 연주자들의 모습은 눈물겨울 정도다.

게다가 대부분의 경우 피트는 무대 아래에 있어서 어쩔 수 없이 벌어지는 사고에도 신경을 써야 한다. 한 번은 공연할 때 무대 위에서 떨어진 지팡이가 호른에 부딪혀 악기가 망가진 적이 있었다. 또 어떤 공연에서는 배우들의 의상이 커다랗고 치렁치렁한 드레스이다 보니 배우들이 움직일 때마다 무대 바닥에서 먼지가 피트 안으로 쓸려 날아오기도 했다. 무대 장치인 스모그, 불꽃 등을 비롯해서 리본이며 컵, 병 등 다양한 소품들이 피트 위로 떨어지고는 한다. 무대에서 날아오는 것이 너무 많다고 불평하는 건 아니다. 악기를 통해 표현하는 건 우리의 업이고, 피트가 무대 아래 있는 것도 불만 사항이 될 수 없다. 다만 연주 중에 악기가 음 이탈이 나거나 의외의 실수가 발생했을 때 조금은 헤아려주었으면 한다. 갑자기 피트에, 악기에 피치 못할 사정이 생겼을 수도 있으니 말이다.

한 번 피트에 들어가면 나오지 않는 연주자를 '피트 귀신'이라고 부른다. 악기를 두고 괜히 왔다 갔다 하고 싶지 않기 때문이기도 하지만 악기의 예민함 때문이기도 하다. 리드Reed가 필요한 목관악기의 경우 연주자는 보통 피트에서 직접 리드를 깎는다. 악기에 부착해 바람을 넣어 진동을 일으키는 발음체인 리드는 오보에나 클라리넷 등 목관악기 연주자에게 꼭 필요한 부속품이다. 시중에 파는 기성품도 있지만 고수들은 자기 손으로 악기에 꼭 맞게 리드를 깎아 쓰는데, 그걸 미리 만들어 오지 않고 피트에서 깎는 것은 리드가 온도와 습도의 영향을 받으면 미묘하게 악기 소리가 달라지기 때문이라고 한다. 그래서 목관 악기 연주자들은 쉬는 시간에도 자리를 뜨지 않고 피트 안에서 구부정하게 앉아 칼질을 한다.

객석도 무대도 아닌 별도의 공간인 피트. 한여름에도 바람에 악보가 흩날릴까봐 선풍기도 틀지 못하고 한겨울에도 난방용으로 배치된 작은 히터도 악기에 양보하는 연주자들. 곱은 손으로 연주하고 좋은 건 모두 악기에 양보하지만 그래도 실수는 나오고 그 안에서도 사람 사는 이야기들이 펼쳐진다.

힘주어 주장한 보람이 있게 《오케피》는 재미있었다. 악기의 특성을 살린 에피소드와 악기와 꼭 닮은 성격의 사람들로 대표되는 다양한 이야기. 일과 사랑과 가족과 외로움과 위로가 피트의 사람들을 통해 잘 버무려져서 펼쳐졌다. 우리의 이야기였기에 만드는 내내 따뜻하고 즐거웠다. 폭발적인 반응은 아니었지만 관객들의 호응도 좋았다. 어쩌면 언젠가는 우리만의 '오케피'를 만들어볼 수 있지 않을까?

2021년 《레베카》 드레스 리허설 준비 중인 피트 내부

The M.C
그리고 THE PIT

현재 함께하고 있는 THE PIT 오케스트라는 2005년《맨 오브 라만차》 초연 때 만들어진 The M.C 오케스트라가 시작이었다. 그 사이 몇몇 단원이 들고 나고 이름이 바뀌긴 했지만 전체적으로 큰 변동 없이 지금까지 이어져오고 있다.

《둘리》를 시작으로《키스 미 케이트》《명성황후》를 거쳐 차곡차곡 대형 뮤지컬의 이력을 쌓아오던 나에게 뮤지컬《맨 오브 라만차》는 신선하고 즐거운 도전이었다. 스페인 작가 세르반테스의 소설 『돈키호테』를 바탕으로 한 이야기였으며, 음악은 플라멩코 음악이 기본이었다. 관악기와 기타 두 대로 모든 음악을 소화하는 독특한 편성이었는데, 평소 익숙한 건반과 스트링이 아닌 새로운 소리의 조합이 기대되면서도 한편으로는 걱정스러웠다. 새로운 컴퍼니와 하는 첫 협업이었고 잘하고 싶었다. 플라멩코를 공부하고 공연 편성에 맞는 연주자 중 실력이 좋은 사람들을 수소문해 팀을 꾸렸다.

결과적으로 매회 공연마다 큰 칭찬을 받았다. 관객과 공연 관계자들의 호응이 컸고 '2008 제2회 더 뮤지컬 어워즈'에서 음악감독상도 받았다. 독특한 악기 구성과 관악기 특성상 섬세하고 화려하면서도 웅장하고 아름다운, 익숙하게 듣던 소리와 사뭇 다른 소리가 사람들의 마음을 움직였던 게 주효했다고 생각했다.

《맨 오브 라만차》의 음악이 호평을 받고 난 뒤 그 멤버들과 좀 더 함께하고 싶었는데《둘리》때부터 물심양면 언제나 든든한 지지자가 되어줬던 한 선배가 용기를 줬다. 뮤지컬 음악감독이라는 이 일을 제대로 한번 해보고 싶었고 혼자가 아니라면 더 잘해낼 것도 같았다. 그런 고민 끝에 우리만의 뮤지컬 전문 오케스트라를 만들기로 했다.

"이름은 뭐로 할까?"

“뮤지컬의 모든 게 담긴 뮤지컬 집합체, ‘Musical Collective’ 어때?”

“너무 긴 것 같은데.”

“그럼 줄여서 The M.C?”

뮤지컬 오케스트라 The M.C가 탄생한 순간이었다. 물론 모든 탄생 설화의 주인공이 그렇듯이 시작은 초라했다. 십시일반 돈을 걷어 포이동에 위치한 어느 건물 지하에 연습실을 얻었다.

“우리 매주 연습해서 공연 레퍼토리를 늘려보자!”

“이제 연주 들으려고 공연 본다는 소리 나오게 해보자고.”

그때 팀원들은 해사하게 웃으며 앞으로에 대한 기대와 희망을 이야기했다. 크지 않은 지하 연습실이었지만 꿈이 둥둥 떠다닌 덕에 불편한 줄 모르고 즐거웠다. 그러나 그 같은 뮤지컬 오케스트라 팀은 우리가 처음이었고, 지휘자인 나를 제외한 모두가 연주자였다. 도움을 얻을 만한 사업 모델이 없었던 터라 연습실을 유지하기가 어려웠다. 설상가상 비가 많이 오던 어느 여름날 지하 연습실에 물이 차오르면서 자연스럽게 연습실을 정리할 수밖에 없었다.

아쉬웠지만 그 이후에도 내 이름을 걸고 시작한 만큼 The M.C라는 이름으로 할 수 있는 일을 했다. 나를 포함한 팀원들

모두 각자 다른 일을 하더라도 내가 음악감독으로 참여하는 공연이 있다면 그 공연 스케줄을 우선하기로 했다. 그게 첫 번째 약속이었다. 특별한 복지나 특혜 같은 것은 없었지만 그런 식으로 팀은 유지되었다. 그 유지 기간이 길어지면서 우리는 The M.C, '김문정 팀'으로 차츰 목소리를 낼 수 있었다. 업계에서 김문정 팀이라면 음악은 걱정하지 않아도 된다는 신뢰도 쌓였다. 여러 작품에 지속적으로 참여하게 됐고 언제부터인가 한국에서 초연되는 많은 작품이 우리에게 제일 먼저 제안이 들어오기 시작했다.

팀으로서 자리를 잡아가기 시작한 건 반가운 일이었으나 맡게 되는 공연이 많아지니 나름의 규칙이 필요했다. 규칙이 없으면 실수가 생기고 작은 실수는 나비효과가 돼 걷잡을 수 없이 문제가 커진다는 걸 경험으로 알기 때문에 마련한 것이었다.

예나 지금이나 우리 팀의 가장 기본 규칙은 의상이다. 공연이 시작되면 피트에 들어오는 연주자는 모두 검정색 의상을 착용해야 한다. '검정색 비슷'하거나 검정색이라도 무늬가 있는 옷은 안 된다. 반짝거리는 머리핀도 금지이고 모자를 쓰더라도 무늬 없는 검정색이어야 한다. 이유는 세 가지다. 첫째, 배우와 관객을 위해서다. 반짝이는 것은 조명을 받으면 빛이 반사될 수 있어 공연에 방해가 된다. 둘째, 지휘자를 위해서다. 지휘자는 세 시간 가까이 집중해서 무대와 피트를 보며 공연을 이끌어야 하는데 하나라도 튀는 것이 있으면 시선에 방해가 된다. 마지막으로 연주자 본인을 위해서다. 오케스트라 연주자의 유니폼이라고 생각하면 옷을 입는 순간부터 일한다는 마음가짐이 생긴다. 경건한 마음으로 자신의 맡은 일을 대하는 것이 성공의 시작이라고 본다. 이 같은 이유로 우리 팀에서 복장 문제는 굉장히 중요한 사안이다.

두 번째, 모든 연주자는 공연 1시간 전에 공연장에 도착해 있어야 한다. 공연 시작 1시간 전에 도착해 악기를 조율하고 몸을 푼 뒤에 연주하는 것과 5분 전에 헐레벌떡 뛰어 들어와 하는 연주는 차원이 다르다. 또 갑작스러운 펑크에 대비하기 위해서라도 공연 1시간 전 '콜call'은 무조건 지켜야 한다. 라이브로 진행되는 공연에 연주자 문제로 펑크가 나는 것은 생각할 수 없는 끔찍한 사고다. 연주자에게 문제가 생긴 경우에 그 사실을 1시간 전에만 알 수 있다면 대리 연주자를 부를 수 있다. 그래서 연주자들은 공연장에 한 시간 전에 도착해 음악감독이 찾을 때 바로 피드백 가능한 장소에 있어야 한다.

세 번째 규칙은 화요일 튜닝이다. 우리 팀은 세계 어디에도 없는 화요일 튜닝을 지킨다. 대부분의 국내 뮤지컬 공연은 화요일부터 금요일까지는 하루 1회, 주말은 하루 2회(낮, 저녁) 공연을 한 뒤 월요일은 쉰다. 그러므로 화요일은 잠시 하루 쉬었던 연주 세포를 깨우기 위해 미리 공연장에 와서 악기를 튜닝하고 지난주의 실수를 다시 짚어보는 시간이다. 처음에는 화요일 튜닝을 위해 공연 전 피트를 사용하는 것이 쉽지 않았다. 무대 점검을 해야 한다는 이유로 대부분의 무대감독이 오케스트라에 시간과 공간을 내주지 않았다. 그러나 나는 차분하게 화요일 튜닝 시간이 오케스트라에, 나아가 공연에 왜 필요한지를 설득했다. 시간이 지나면서 화요일 튜닝의 효과가 눈에 보이자 대부분 흔쾌히 무대를 내줬다. 지금은 우리 팀 외에 다른 오케스트라 팀들도 하고 있다고 알고 있다.

화요일 튜닝은 짧은 시간에 모두가 집중해서 효율적으로 연주 기량을 높일 수 있는 좋은 시스템이다. 이 시스템을 잘 유지하기 위해서 우리 팀은 튜닝 시간에 늦으면 전 단원에게 커피를 사는 벌칙이 있는데, 잘못하면 하루 일당보다 더 큰돈이 커피값으로 나갈 수 있다. 이렇게 강제성을 둔 것은 그만큼 이 시스템이 중요하기 때문이다.

네 번째 규칙은 정보의 정확한 공유다. 간혹 두 작품을 함께 진행하게 되는 경우가 있는데, 그러다 보면 음악감독인 내가 두 작품의 연습이나 공연에 번갈아 참석하기도 하고, 연주자가 서로 크로스오버 되기도 한다. 그러므로 나를 포함한 모든 단원은 각 작품마다 매일 연습과 공연이 어떻게 진행됐는지, 어떤 문제가 있었는지, 변경 사항이 있는지 등에 대해서 모두 알고 있어야 한다. 그래야 유기적인 연습과 공연이 가능하다.

나와 우리 팀이 출연했던 KBS 〈사장님 귀는 당나귀 귀〉라는 프로그램에서 뮤지컬 《그레이트 코멧》의 연습 장면이 방송된 적이 있다. 그때 주인공의 가사가 바뀐 걸 내가 모르고 있던 상황이 전파를 탔다. 그건 아주 이례적인 일이었다. 보통은 연습 중 내가 없을 때 수정된 사항이 있으면 메일을 통해 확인을 요청하거나 문자 메시지로라도 공유하는데, 그때는 스태프의 실수로 전달이 되지 않았고 그로 인해 날카로워진 내 모습이 그대로 카메라에 잡혔다. 그런 경우가 거의 없던 터라서 더 당황스럽고 예민해졌다. 한 번에 여러 작품을 올릴 때는 조감독이나 부지휘자를 통해 스케줄이 조정되고 그럴 때는 현장 상황을 꼭 공유한다.

마지막은 기본 중 기본으로 피트 안에 절대 휴대폰을 가져오지 못한다. 마이크와 가까이 있는 사람들이 휴대폰을 들고 일한

Fantom

MOZART!

다는 것은 용납되지 않는 일이다. 그래서 단원들은 뜻밖에 '다독가'가 됐다. 연주에서 잠깐 자기 파트가 쉴 때 가장 조용하게 할 수 있는 일이 책 읽기이기 때문이다. 가끔 뜨개질을 하거나 스도쿠를 하는 연주자도 있지만 대부분 책을 읽는다. 그 덕분에 공연이 진행되는 동안 피트 안은 무대 위와는 상당히 다른 세계가 펼쳐진다. 이를 테면 무대 위에서 배우들이 울부짖으며 싸울 때, 사랑 노래를 할 때 피트 안은 고요한 도서관 같은 모습이기도 하다는 이야기다. 그러다 우리의 시간이 다가오면 모두가 각자 자기 악기를 들고 출발선에 선 육상 선수처럼 준비하고 지휘봉의 움직임을 따라 달려 나간다.

조금 까다롭지만 우리만의 규칙을 정한 것은 누구도 우리를, 우리의 일을 함부로 대하지 않게 하기 위해서이기도 하다. 우리가 우리의 일을 잘해낼 때 당당히 목소리를 낼 수 있기도 하니까.

나는 무대 위만큼이나 무대 아래의 이 공간을, 이곳의 사람들을 사랑한다. 공연이 진행되는 동안 어둠 속에서 각자 주어진 역할을 완벽히 해내는 연주자들. 이들이 피트 안과 밖에서 모두 행복했으면 좋겠다.

음악감독의 일

우리 팀의 협력감독인 민경과 재현은 가끔 이런 말을 한다.

"그냥 죽을 때까지 감독님 옆에서 피아노 치면 안 돼요? 저는 감독 못 할 거 같아요. 할 일이 너무 너무 너무 많아."

2003년부터 함께 일해온 이들뿐만 아니라 2007년부터 함께 한 정훈이도 종종 그런 말을 한다.

"저는 1인자 같은 2인자로 남을래요."

모두들 연주 경력 15년 차 이상의 친구들로 음악감독으로서도 충분히 작품 하나를 맡겨도 될 만한 인재들이다. 이런 사람들이 먼저 나서서 머물러준다고 하니 고마운 일이다. 그래도 모두 한 명의 음악감독으로서 자기 작품을 맡아 하기 시작했다. 또한 조감독으로 있던 신수진, 채미현, 민활란 등 후배들이 자기 이름을 걸고 앞으로 나아가고 있다. 그 모습을 지켜보며 더없이 기쁘고 자랑스럽다.

뮤지컬 음악감독을 양성하는, 아니 세분화된 뮤지컬 관련 직종을 교육하고 양성하는 기관이 없다 보니 개인적으로 이 직업에 대한 질문을 많이 받는다. '뮤지컬 음악감독이 꿈입니다. 뮤지컬 음악감독이 되려면 어떤 절차를 밟아야 하나요? 뮤지컬 음악감독이 하는 일은 무엇인가요? 음악 공부를 어떻게 하면 되나요?' 등의 문의가 쏟아진다. 그래서 이 기회를 빌려 살짝 이야기해본다.

직업인으로서 뮤지컬 음악감독에게 필요한 기본적인 소양은 당연히 음악에 대한 이해도이다. 지휘를 할 줄 알아야 하고 음악을 다룰 줄 알아야 한다. 오케스트라를 구성하는 각 악기의 구성과 특성을 알아야 하며, 때로는 클래식 외의 다른 장르의 음악과 악기, 연주자에 대해서도 파악해두면 도움이 된다. 앞에서도 이야기한 바 있지만《맨 오브 라만차》의 음악의 기본은 플라멩코였고,《조로》는 라틴 음악이 기본이었다. 각 장르의 특징을 잘 살릴 수 있는 악기, 그 악기의 연주자를 알고 있다면 당연히 전체 음악을 관장하는 데 큰 힘이 된다. 뿐만 아니라 주·조연배우를 비롯해 앙상블의 가창 지도도 할 수 있어야 한다. 뿐만 아니라 전체 배우들과 연주자들의 컨디션도 살펴야 한다. 노래도 연주도 모두 사람이 하는 것이기 때문에 이 부분을 놓쳐서는 안 된다.

또한 뮤지컬이라는 장르가 종합 예술인만큼 음악 외의 드라마, 안무 등에 대한 기본 지식을 갖추면 도움이 된다. 나는 대부분의 경우 배우들이 대사와 감정을 주고받는 드라마 연습과 안무 연습에도 참석하는 편이다. 드라마, 안무 연습에 '음악감독이 왜?'라고 하겠지만 나름의 이유가 있다. 예를 들어 작품의 메인 테마곡의 클라이맥스 부분에서 배우들의 동선을 뒤로 빼는 건 음악을 듣는 입장에서 효과적이지 않은 연출이다. 무대 위에서의 그림은 예쁠 수도 있겠지만 음악으로 감정을 전달하는 '뮤지컬'이라는 장르에서는 지양하는 게 좋다고 생각한다. 또 다른 예로 배우들의 합창 장면에서 앙상블 여러 명이 의상 환복을 이유로 무대에서 빠져야 할 경우가 있다면 '퀵 체인지룸'을 배우들이 합창하는 위치와 가까운 곳으로 배치하는 것을 두고 무대감독과 상의한다. 공연에 필요한 여러 부스가 극장 사

이즈에 맞춰 만들어지는데 그럴 때 음악감독으로서 좀 더 효율적인 공간 배치를 건의하기도 한다.

안무도 마찬가지다. 안무가 격렬해 음악이 흔들릴 경우 부분 녹음을 할지 전체 녹음을 할지 연습 중 그 자리에서 바로 결정해주는 게 좋다. 연습할 때 극의 구조와 흐름, 배우들의 동선을 익혀놓으면 현장에서 실수가 적고, 결정이 필요한 사항을 연습 중에 바로 판단해주면 전체적인 효율과 능률이 오른다. 이런 점들을 알고 있기 때문에 가능한 한 다른 파트 연습에도 참여한다.

다른 하나는 오케스트라 팀원들을 케어하는 일이다. 리더가 존중하지 않는 팀원은 다른 곳에서도 존중받기 어렵다. 간혹 어떤 배우들은 쉬는 시간에 다른 작품 오디션을 위해 어린 연주자에게 개인 반주를 부탁하기도 하는데, 배우의 부탁인 만큼 어린 연주자는 쉽게 거절하지 못한다. 연주자 본인에게도 소중한 휴식 시간인데 재능기부를 하고 있는 셈이다. 몇몇 친구가 그런 상황에 대해 고민하는 걸 듣고 그럴 땐 무조건 음악감독인 내 핑계를 대라고 했다. "감독님께 여쭤볼게요"라고 말하고 나에게 이야기하라고. 실제로 가끔 두 시간 가까이 공연 연습을 끝내고 잠깐 쉬는 시간에 피아노 옆에 와서 노래 연습하겠다는 배우들이 있으면 단호히 그러나 웃으면서 부드럽게 제지한다.

"연습할 때 열심히 해야지. 연주자도 쉬어야 해요. 서로 10분 휴식은 지켜줍시다."

또한 '조율'은 음악감독의 중요한 업무 중 하나다. 오랜 시간 일하면서 국내에 가보지 않은 공연장이 없을 정도다. 재미있는 건 공연장마다 피트의 환경이 다르다는 점이다. 사람이 모두 다르게 생겼듯이 공연장도 각기 개성이 다르다. 무대 아래 피트, 라는 기본 공식은 같지만 어느 곳은 너무 좁고 어느 곳은 길쭉하고 어느 곳은 천장이 낮다. 요즘은 각 공연에 맞춰 무대를 제작하면서 객석과 무대를 가까이 두려고 무대를 객석 쪽으로 늘리기도 하는데, 그럴 땐 피트 안에 없던 기둥이 생기기도 한다. 그래서 무대 제작에도 꼭 관여한다. 피트 안에 기둥이 어느 위치에 서는지, 공간을 얼마큼 차지하는지 확인한 뒤에 연주자들이 앉았을 때의 동선을 머릿속으로 그려본다. 현악기 활이 움직일 만한 공간이 충분한지, 지휘자석에서 배우들을 보는 위치는 괜찮은지, 너무 좁을 경우 드럼과 퍼커션의 별도 부스를 만들어야 하는 건 아닌지 등 무대감독과 함께 연구하고 조율한다.

노래 가사도 연출가와 미리 상의한 결과다. 뮤지컬은 가사가 곧 대사이기도 해서 가사가 잘 전달되는 것이 중요하다. 외국 작품의 경우에는 외국어 가사가 우리말로 바뀌는 과정에 번역가와 개사가가 있지만 가사가 음악에 잘 붙는지, 직접 불러야 하는 배우의 입에 잘 붙는지 살핀다. 어미 처리의 차이로 캐릭터가 달라질 수도 있기 때문에 개사된 가사를 놓고 여러 각도로 다시 분석해 합을 맞춘다. 음악만큼 중요한 것이 가사이기 때문에 이런 과정에도 음악감독이 꼭 함께한다.

들리는 소리도 많고 들어야 할 소리도 많은, 위아래 모두를 살펴야 하는 중간의 위치가 음악감독의 자리이다. 뿐만 아니라 제작사와 연주자 사이에서 선택하고 조율할 일도 수만 가지이다.

결국 간단히 말하자면 뮤지컬 음악감독이란 음악적 소양을 기본으로 갖추고 현장에서 모든 사람과 일을 아우를 수 있는 리더십과 소통 능력을 갖추고 있어야 하며 어떤 상황에든 대처할 수 있는 순발력이 있어야 한다. 그리고 그 노하우는 실제로 공연을 하면서 알아가게 된다. 이 일은 책상 앞에 앉아 열심히 공부만 한다고 역량을 얻는 직업이 아니다. 현장에서 부딪히며 배우고 습득해 길러지는 부분이기 때문에 뮤지컬 음악감독 지망생들의 질문에 속 시원한 답을 해주기 어려울 때가 있다.

그러나 이것 하나는 분명하게 이야기할 수 있다. 가장 기본은 “체력”이라고. 매일 세 시간 동안 흔들림 없이 온몸으로 지휘하려면 체력이 뒷받침되어야 한다. 좋은 컨디션으로 평정심을 유지해야 일관된 소리를 낼 수 있다. 연주자들과 배우들은 지휘봉의 작은 떨림까지 알아채기 때문에 지휘가 조금만 달라져도 금방 눈치 챈다. 속에서부터 에너지를 채우지 않으면 할 수 없는 일이다.

그래서 나는 잘 먹고, 작은 일에도 크게 웃고, 누군가의 단점보다 장점을 찾는 일에 몰두하며 주어진 일을 성실히 해내려고 노력한다. 몹시 단순하지만 이것이 몸과 마음의 체력 모두 단련하는 나만의 방법이다.

오디션,
잔인하고도 아름다운

"'충분합니다.' 감독님이 분명히 그러셨어요. 충분합니다, 라고 아주 정중하게 웃으시면서. 그때 그 말이 얼마나 아팠는지 몰라요."

한 배우가 사석에서 오래 전 한 레플리카 작품의 오디션 이야기를 했을 때 나는 전혀 기억하지 못했다. 내가? 정말 그랬다고?

"오디션을 보고 나와서 아무래도 부족했던 것 같아서 감독님 식사하러 나오실 때까지 기다렸어요. 그리고 살짝 다시 물었죠.

한 번 더 해봐도 되겠냐고. 그때 감독님이 그렇게 말씀하셨어요. 충분합니다, 라고요."

맙소사. 그 이야기를 들으니 그 오디션과 그때의 그가 기억나긴 했다. 2007년도였다. 오디션 당시의 그 배우가 선명하게 떠오를 만큼 그는 훌륭했다. 아주 잘했으나 앳된 외모에 중후한 목소리가 매력적이었던 그에게 어울리는 배역이 없었다. 그뿐이었다.

양준모 배우는 한 매거진을 통해 2005년 《가스펠》 오디션에서 떨어진 이야기를 들려준 적이 있다. 그게 그의 첫 오디션이었다. 그가 탈락한 이유를 물었을 때 심사자였던 내가 그랬단다.

"다음부터는 이런 작품에는 양복 입고 오디션 보지 않는 게 좋아요."

《가스펠》은 세례자 요한의 출연부터 예수가 십자가에 못 박히기까지의 행적을 성경 구절을 인용해 만든 뮤지컬이다. 고전적 배경의 이야기지만 배우들은 캐주얼한 현대 의상을 입고 노래하고 춤을 춘다. 록 스타일의 음악과 현대 무용을 바탕으로 한 작품에 단정한 양복은 어울리지 않는다. 나는 기억나지 않지만 그 오디션에 양준모 배우가 양복을 입고 왔었던 모양이었다.

그래서 그 같은 코멘트를 해줬던 것이고. 어쨌든 다행히 그는 그때부터 작품의 성격에 따라 의상을 맞춰 입고 오디션에 임했고 좋은 결과를 내기 시작했다며 오히려 내게 고맙다고 했다.

《데스노트》 오디션을 보러 민우혁 배우가 들어왔을 때, 저 친구는 《레미제라블》의 앙졸라 역으로 딱이다 싶어 《레미제라블》 오디션을 권하기도 했고, 《맘마미아》 오디션에서 박지연 배우를 보고 단박에 여주인공 소피라고 생각해 경력이 전무한 그녀를 발탁하기도 했다. 그 외에도 수많은 오디션의 심사를 봐왔고 수많은 배우를 발굴하고 함께 작품을 해왔다. 그러다 보니 나는 기억하지 못하는, 배우들과의 에피소드를 뒤늦게 알게 되기도 한다.

내가 JTBC 〈팬텀싱어〉의 심사위원을 맡았을 때 출연자들을 유심히 보고 그들의 노래를 집중해서 들어주던 모습과 냉정하게 평가하는 모습이 인상적이었다는 이야기를 들었다. 사실 나는 어떤 오디션이든 오디션 참가자들의 절실함을 알기에 최선을 다해 열심히 듣고 평가만큼은 정확히 직설적으로 한다. 참가자들에게 주어진 시간이 짧은 만큼 심사위원의 평가 시간도 길지 않으므로, 가능한 한 짧은 시간 안에 참가자에게 꼭 필요한 이야기를 최대한 해주기 위해서 군더더기 없이 사실만 말한다.

순간적으로 참가자들이 서운하게 여길 만한 말도 있지만 피드백을 받아들인 친구들은 대부분 다음 번에 발전한 모습을 보여준다.

한 지인이 내게 이런 말을 해준 적이 있다. "감독님은 누군가의 열심을 참 잘 들여다봐주는 사람이에요." 그 얘기를 듣고 너무 과분한 칭찬이라고 손사래를 쳤다. 나는 그렇게 좋은 사람이 아니라고 하니 그가 말했다. "감독님은 잊지 않으시잖아요. 누군가의 최선을 잘 기억해뒀다가 당사자마저 자신을 믿지 못하게 됐을 때 척하고 꺼내놓잖아요. 감독님이 앙상블의 열정과 그들의 수고를 지나치지 않아서 우리도 자꾸 바라보게 돼요"라고.

그의 말에 곰곰이 생각해봤다. 내가 썩 좋은 사람인지는 잘 모르겠다. 그저 살아보니 성공이 노력과 수고에 비례하지 않는다는 걸 안다. 그렇다고 앙상블 친구들이 성공하지 못했다는 이야기가 아니다. 앙상블은 조연과 주연을 맡기 전 단계이기도 하지만 다양한 역할을 소화해낼 수 있는 재주 많은 사람들의 자리이다. 무대 위엔 늘 그들이 있다. 다만 이야기의 중심에 서 있지 않을 뿐이다. 화려한 꽃이 돋보이는 건 초록의 무성함이 있기 때문이고, 난 그 초록을 아낀다. 그래서 무대를 다채롭고 풍

《도리안 그레이》(2016) © 씨제스엔터테인먼트

성하게 만들어주는 앙상블에 자꾸 눈길이 간다.

언제나 배우들에게 항상 당부하는 건 오디션에 떨어졌을 때 그건 배우가 못해서가 아니라는 점이다. 단지 그 작품의 그 배역이 배우 자신과 어울리지 않았을 뿐이다. 실력의 유무를 떠나 배역 자체가 본인과 어울리지 않는다면 아무리 잘한다고 해도 선발될 가능성은 희박하다. 그러니 좌절하지 말라는 것.

오디션은 분명히 잔인한 일이다. 오디션장에서 배우들에게 주어진 시간은 1분 30초에서 길어야 3분. 찰나의 순간에 자신의 모든 것을 보여줘야 하고 평가받는다. 오디션에 왕도는 없고 비법도 없지만 내가 오디션을 준비하는 학생들에게 주로 말하는 한 가지는 있다. '오후 서너 시'를 기준으로 삼아보라는 것. 심사위원도 오디션 참가자들만큼 매 순간 최선을 다하려고 노력하지만 같은 자리에 오래 앉아 있다 보면 지치는 순간이 온다. 특히 오후 서너 시쯤은 집중력이 흐트러지기 쉬운 때다. 그런 이유로 그 시간에 오디션을 본다고 가정하고 연습하라고 조언한다. 그때의 심사위원들이 번쩍 정신차리도록, 마음에 들도록 노래해야 한다고. 너는 몇천 명 중 한 명일 뿐 전혀 특별하지 않다는 걸 명심하고 오후의 잠을 깨울 수 있는 실력을 쌓아야 한다고. 무엇보다 '너'를 보여줄 것이 아니라 '그들이 찾는 너'

를 보여줘야 한다고. 비정하다고 할지라도 그게 현실적인 조언이라고 생각한다.

참고로 오디션을 함부로 보지 말라는 이야기도 한다. 가끔 내가 이름을 외울 정도로 이 작품 저 작품 모든 오디션마다 나타나는 친구들이 있는데 공통적으로 매번 준비가 미흡하다. 서로 다른 작품 다른 역할일 텐데 여러 가지를 한꺼번에 다하려고 하니 힘이 분산될 수밖에 없고 당연히 결과가 좋을 수 없다.

오디션은 붙을 생각으로 이를 악물고 봐야 한다. 그러기 위해 가장 필요한 건 스스로를 아는 것이다. 나에게 맞는 작품을 선택하고, 그 작품의 제작진이 원하는 모습으로 그 앞에 서야 한다. '나는 소중한 사람'이라는 사실을 잊지 말고 스스로를 함부로 내보이지 않았으면 한다. 오디션은 누군가가 나를 선택하는 것이 핵심이 아니라 내 선택이 우선되어야 하는 일이다. 주도권은 당신에게 있다는 걸 잊지 마시길.

진짜 내 꿈은…

"네가 문정이구나. 너와 일하고 싶었어."

2004년 뮤지컬 《맘마미아》의 음악 슈퍼바이저로 온 마틴은 존 릭비에게 내 얘기를 많이 들었다며 반가워했다. 런던의 스태프에게 함께 일하고 싶었다는 이야기를 들으니 왠지 글로벌한 감독이 된 것만 같았다. 《명성황후》 때 만난 뒤 2년 가까운 시간이 지났는데도 먼 곳에서 잊지 않고 나를 소개해준 존이 새삼 고마웠다.

존을 다시 만난 것은 다시 그때로부터 10년 뒤 한국에서였다. 2015년 국내《레미제라블》두 번째 시즌의 음악 슈퍼바이저로 존이 왔고, 우리는 13년 만에 다시 함께 일했다. 존은 변함이 없었다. 그때와 달라진 건 '음악 슈퍼바이저 존 릭비', '현지 음악감독 김문정'으로 서로의 이름 앞에 붙은 역할이 바뀌었다는 것뿐이었다. 런던에서 존이 그랬던 것처럼 나는 내 포지션에서 할 수 있는 걸 다했다. 작품에 대한 존의 지시를 기꺼이 받아들였고 그의 의견을 존중했다. 오리지널 팀에 대한 순응이 아니라 레플리카 작품에서 음악감독이라는 내 포지션에 맞는 역할을 한 것뿐이었다.

앞에서도 말했지만 런던에서의 경험은 그 이후 LA, 호주, 뉴욕, 캐나다 등 외국 공연에서 외국 연주자들과 일하는 데 큰 도움이 됐다. 거기에서 나아가 외국 연주자들과의 협업은 그들의 시스템을 공부하는 좋은 기회이기도 했다. 아마 그때부터였을 것이다. 내가 해야 하는 일, 나 아니면 안 되는 일에 대해 고민하기 시작했던 것은.

음악감독으로 공연 계약을 할 때 제작사에 꼭 하는 이야기가 있다.

"다른 사람이 얼마 받는지는 중요하지 않아요. 제 값을 매기는 데 비교 대상은 필요 없다고 생각해요. 돈도 일하는 환경입니다. 많고 적음을 떠나서 돈과 저와 동료들의 시간의 가치가 충돌하지 않으면 됩니다."

음악감독이나 연주자 역시 여느 분야의 프리랜서와 같아서 출연 횟수에 따른 회당 보수를 받는다. 주연배우들의 개런티에는 한참 못 미치는 액수이지만 적어도 연주자들이 이 시간에 여기에서 왜 이걸 하고 있나, 하는 생각이 들면 안 된다고 생각했다. 그래서 오래도록 함께 일해온 우리 팀의 보수를 어느 정도라도 끌어올리려고 애써왔다.

더불어 꼭 요구하는 것도 있다. 피아노가 놓인 음악감독 개인 대기실이다. 방의 크기나 규모는 중요하지 않다. '피아노가 있는 독립된 공간'이면 충분하다. 이런 개인 대기실은 내가 대단한 사람이라서 요구하는 것이 아니다. 어디까지나 음악감독의 일을 잘하기 위해서다. 별도의 공간에서 배우들의 컨디션을 확인해야 하고 필요할 때는 배우들의 노래 연습도 지도해야 하는데 여럿이 쓰는 방은 나도 배우도 집중하기 어렵다. 게다가 서너 시간 동안 서서 지휘하는 일은 생각보다 많은 에너지를 써야 한다. 15~20분의 인터미션 때라도 잘 쉬어야 2막을 문제없이 잘 마무리할 수 있다.

첫 공연 전에 오케스트라와 배우들이 모여 합을 맞추는 시츠

프로브Sitzprobe 때 연주자들 간식을 마련해주는 것도 요구사항 중 하나다. 날을 잡아 진행하는 시츠프로브 연습은 종일 쉬지 않고 계속된다. 배우들은 배역에 따라 돌아가며 쉴 수 있지만 연주자들은 캐스트별로 계속 연주해야 하니 쉬지 못한다. 연습 중간에 햄버거나 샌드위치 등으로 간단한 요기라도 하지 않으면 몇 시간 동안 같은 자리에 앉아 종일 연주하는 연주자들의 체력이 배겨나지 못한다. 특히 배에 힘을 주고 악기를 불어야 하는 브라스 연주자들은 몇 시간 연습하고 나면 탈진할 지경이 된다. 안정적인 자리에 편한 자세로 앉아 잘 먹고 에너지를 채운 뒤에 하는 연주와 그렇지 않은 연주는 엄청나게 다르다.

공연 전 피트에 들어가서 연주 환경을 까다롭게 체크하는 것도 마찬가지다. 연주자들의 의자가 흔들리진 않는지 불편한 부분은 없는지 일일이 점검한다. 때로 의자가 불편하면 불편한 대로 그냥 앉겠다고 하는 연주자가 있으면 그냥 넘어가지 않는다. 몇 달 가까이 공연이 지속되는데 계속 불편한 의자에 앉아 연주한다는 건 고역이다. 무엇보다 그 같은 신체적 불편은 고스란히 연주에 영향을 미치기 때문에 무대팀에 꼭 의자 교체를 부탁한다. 보면등이 헐거우면 제대로 달아달라고 요청하고, 좌석 위치가 불편해 연주할 때 옆 사람과 부딪힐 것 같다고 하면 자

2021년 《레베카》 드레스 리허설 준비 중인 피트 내부

리를 바꿔준다. 악기 튜닝 시간도 여유 있게 주는 것은 당연한 일이다.

뮤지컬 음악감독이라는 이 일을 하면 할수록 좋고, 가능한 한 동료들과 오래, 행복하게 일하고 싶다. 오랜 시간 경험 속에서 배운 것들을 지금 여기에 적용하려는 것은 그 때문이다. '앞으로 좀 더 오래, 함께'라는 마음이 커질수록 연주자들을 위한 좋은 시스템을 만들고 싶다. 좀 더 욕심을 부린다면 작곡이나 작사와 같은 창작부터 연출, 안무, 무대 등 뮤지컬 교육의 전반적인 시스템을 만들 수 있다면 좋겠다는 꿈을 꾸기도 한다. 어쩌면 지금이 또 다른 시작일지도 모른다.

어쩔 수 없는 이별 앞에서

2018년, 그해에는 남북정상회담이 있었고 평창 동계올림픽이 열렸으며 한파와 폭염이 나란히 찾아온 해였다. 우리는 그해에 제작사인 EMK가 빅토르 위고의 작품으로 만든 창작 뮤지컬 《웃는 남자》 초연을 무사히 마쳤다. 공연은 여름 한 달간 예술의 전당에서 열렸고 가을 무렵 블루스퀘어로 극장을 옮겼다. 베이시스트 혜진도 함께였다. 적어도 그해 여름까지는.

혜진은 걸쭉한 목소리에 거침없는 입담이 매력인 친구였다. 연주도 꼭 자기처럼 해서 혜진의 베이스 소리는 깊고 울림이

함께여서 감사했고 행복했던 친구, 혜진

강했다. 늘 씩씩해서 절대 아플 것 같지 않던 혜진이 암에 걸렸다는 소식을 전해온 것은 몇 년 전의 일이었다. 그때 모두가 믿고 싶지 않았고 그게 설령 사실이라고 해도 금방 나을 거라고 생각했다. 누구도 혜진의 완치를 의심하지 않았고 실제로 혜진의 몸속에 자라던 암 덩어리는 치료 후 사라져버렸다. 혜진이 완치 소식을 전해왔을 때 나와 친구들은 비명을 지르며 기뻐했다. 몇몇은 축배를 들어야 한다며 밤이 늦도록 술잔을 기울이기도 했다.

그러나 예술의 전당에서의《아리랑》공연 후, 혜진은 재검에서 암이 재발했다는 결과를 받았고 블루스퀘어에서 이어진 공연에는 합류하지 못했다. 남겨진 사람들은 혜진이 곧 다시 걸걸한 목소리로 "잘 있었어?" 하며 금방 돌아올 거라고 믿었다. 혜진은 쉽게 무너질 사람이 아니니까. 그런 사람이니까. 그런데 어느 날 혜진에게서 연락이 왔다. 집에 불이 났다고 했다. 암 투병으로 일을 할 수 없어서 경제적으로 힘든 상황에 엎친 데 덮친 격이었다. 풀이 죽어 소식을 전하는 혜진에게 고작 몇 마디 위로를 건네고 전화를 끊었는데 도저히 그냥 있을 수 없었다.

"모금을 해보자. 생판 모르는 남도 돕는데 혜진이는 당연히 도와야지."

사람들을 설득할 필요도 없었다. 모두가 한마음이었고 누가 먼저라고 할 것도 없이 모금에 합류했다. 고맙게도 EMK의 엄홍현 대표가 흔쾌히 거액의 성금을 보내주었다. 배우들도 십시일반 성의를 보탰다. 모두 그녀가 건강하게만 돌아와주기를 바랐다. 성금을 전하고 크게 액땜했으니 앞으로 좋은 일만 있을 거라고 기대했고 믿었다. 그때 우리가 할 수 있는 것은 그것뿐이었다.

얼마 후 혜진의 어머니로부터 연락이 왔다. 연습을 끝내고 집으로 가던 월요일 밤이었다. 전화기 너머 깊고 짙은 울음에 어머니가 무슨 말씀을 하시는지 알 수가 없었다. 일단 어머님을 진정시켰다. 저편의 울음이 조금씩 잦아들고 어머님의 말을 내가 이해하게 되었을 때 이쪽에서 눈물이 왈칵 쏟아지고 말았다.

"감독님, 혹시 지금 와줄 수 있어요? 오늘 꼭 혜진이 만나주셨으면 좋겠어요…. 혜진이는 아직 몰라요. 너무 티 내지 말고 아무렇지 않게 오셨으면 해요. 혜진이가 가장 보고 싶어 할 사람이 감독님과 단원들인 것 같아서 연락했어요…."

터져 나온 눈물은 멈추지 않았고 나는 길가에 차부터 세웠다. 어머님이 그랬듯이 울면서 단원들에게 전화를 했다. 눈물에서 눈물로 상황이 전달됐고 집으로 돌아가던 우리는 방향을 돌려 혜진의 병실 앞에 다시 모였다.

"울지 마. 절대 울지 마. 우리 웃으면서 들어가는 거다."

모두 애써 눈물을 닦고 일부러 큰 소리를 내며 병실 문을 열었다. 침대에 누워 있던 혜진이는 엉망이었다. 산소마스크를 쓴 채 눈이 풀린 멍한 표정이었다. 맥박이 안정권이 되기 전에는 잠들면 안 된다고 해서 사흘간 잠을 안 재웠다더니 고단해 보였다.

"왜… 무슨 날인데 다… 오고 난리야…. 뭐야… 시끄럽게."

걸걸한 혜진의 목소리는 여전했으나 데시벨이 약간 낮았고 말의 속도가 느렸다. 우리는 짐짓 아무렇지도 않은 척 평소보다 한 톤 높게 이야기했다.

"오늘 연습 끝나고 회식이었는데 오랜만에 얼굴 보려고 왔지."

거짓말인 걸 알았을까? 알면서도 모르는 척했을까? 혜진은 느닷없이 들어선 우리를 그저 반가워했다. 우리는 혜진을 재우면 안 된다는 미션을 안고 그녀의 침대 주위에 빙 둘러 앉았다.

"너 자면 안 된다면서? 오늘 밤새 수다나 떨자. 무슨 얘기를 해야 잠이 확 달아날까?"

"감독님, 잠 깨는 데는 야한 얘기가 최고죠."

누군가의 말에 왁자하게 웃었다. 그래, 그러자. 혜진아, 네 얘기해봐. 사귀었던 남자들 다 불어봐. 그때 나한테 소개했던 애랑, 또 있잖아. 누가 제일 좋았어? 우리는 혜진의 연애 이야기를 들으며 낄낄댔다. 낄낄대다가 함께 웃다가도 혜진은 자꾸 까무룩 잠 속으로 달아나려 했다.

"혜진아, 보고 싶은 사람 없어? 다들 너 기다리는데 오늘 같이 못 왔네. 성화한테 전화해볼까?"

혜진이 보고 싶다던 배우 정성화를 비롯해 다른 배우 여럿과 영상통화를 했다. 혜진은 산소마스크를 쓴 채 수줍게 인사를 전했다. 배우들은 늦은 시간인데도 귀찮은 내색 없이 혜진과의 긴 통화를 이어나가줬고, 얼른 나아서 함께 공연하자고 용기를 북돋워줬다. 이루어질 수 없는 약속이었지만 간절함이 담긴 목소리였다.

통화가 끝나고 나는 혜진에게 서운한 게 있으면 다 말해보라고 했다. 없다고 할 줄 알았는데 혜진은 술술 옛날 얘기를 꺼냈다.

"《레미제라블》 할 때… 거기서 나… 안 틀렸는데 틀렸다고 하고…. 감독님이… 나 틀렸다고 그랬어…. 나 안 틀렸다니까… 나 아닌데… 내가… 그랬다고…."

"그래, 그래 다 미안해. 사람인데 그럴 수도 있지. 봐줘라 좀."

혜진의 말에 여기저기에서 자기도 같은 일을 당했다며 너도 나도 김문정을 성토했고 나는 이 사람 저 사람에게 열심히 사과했다. 그러면서 우리는 또 한 번 왁자지껄해졌고, 혜진의 의식을 잠깐이나마 붙잡아 둘 수 있었다. 그러나 그 시간은 길지 않았다. 모두가 노력했지만 혜진은 오래 버티지 못하고 자꾸 산소호흡기를 빼려고 했다. 마음이 다급해진 우리는 공연하고 있던 《웃는 남자》의 넘버를 부르며 혜진을 깨우기 시작했다.

"혜진아! 《웃는 남자》〈그 눈을 떠〉 알지? 그거 어떻게 부르지? '눈을 떠봐, 그 눈을 떠봐.' 불러봐. 너 알잖아. 눈 뜨고 같이 불러보자, 응?"

모두가 애원했지만 혜진은 답이 없었다. 애써 웃던 우리는 꾹꾹 참고 있던 눈물이 터져 나왔다. 잠시 후 레지던트가 들어와 조용히 사망선고를 했다.

함께 있어줘서 고맙다는 어머님께 생전의 혜진의 부탁을 전했다. 절에 다니시던 어머님에게 차마 말하지 못한, 기독교인이었던 혜진의 당부였다. 어머님은 혜진이가 원하는 방식으로 장례를 치러달라고 했다. 가을바람이 불어오는, 어둠이 유난히 짙은 날이었다.

장례는 순천향병원에서 치렀다. 《웃는 남자》를 공연하던 블루스퀘어 뒤편이었다. 마땅한 장례식장을 찾다가 우연히 결정된 거였는데, 다들 혜진이 우리가 블루스퀘어에서 공연한다고 가까이 있고 싶었던 모양이라며 웃었다. 나와 오케스트라는 혜진의 오빠와 나란히 상주로 이름을 올렸다. 사흘 내내 공연 시작 전까지 장례식장을 지키다 공연 시간이 되면 공연장으로 가서 공연을 하고, 공연이 끝나면 다시 장례식장으로 향했다. 함께 공연했던 배우들도 전부 다녀갔다. 장례식장 위치 덕분인지 혜진이 쌓아온 마음 덕분인지 혜진을 보내는 자리는 쓸쓸하지 않았다. 그것 하나만은 다행이었다.

혜진이를 보낸 뒤 지휘석에 올라 오케스트라 피트를 찬찬히 둘러봤다. 혜진이에게 난 어떤 음악감독이었을까? 어떤 리더였을까? 과연 믿을 만하고 기댈 수 있는 존재였을까? 오케스트라 팀을 꾸리고 지금까지 이끌어오면서 많은 이별과 만남이 이어져왔다. 혜진이처럼 아픈 이별도 있었고 각자 생각하는 방향이 달라서 헤어짐을 택한 경우도 있었다.

악기 연주도 몸을 이용하는 일이라 건강이 무너지면 연주하기가 어렵다. 건반 연주자는 손을, 활을 쓰는 현악기 연주자는 팔을 잘 관리해야 한다. 관악기 연주자들은 호흡을 써야 하니

기력이 떨어지면 소리가 달라진다. 타악기 중 드럼은 특히 사지를 다 써야 하는 악기다. 매년 수많은 음악 전공자들이 쏟아져 나오지만 그중 대가가 되어 끝까지 남는 사람들이 몇 안 되는 이유 중 주요한 한 가지는 체력 때문이다. 몸이 따라주지 않는 순간이 오면 연주자는 한계에 부딪히고 손을 놓게 된다. 우리 팀 안에도 그런 이유로 연주를 그만두는 이들이 있었다.

The M.C라는 이름을 짓고 팀을 함께 만들었던 사람들 중 몇몇이 팀을 떠났던 것도 비슷한 이유였을 것이다. (그렇게 짐작하고 있다.) 다만 그때 팀의 리더로서, 오래 함께해온 동료로서 그들을 이해해주지 못했다. 오랜 시간 연주하면서 그들도 힘겨울 수 있다는 걸 생각하지 못했다. 좀 더 따뜻했어야 했는데, 리더이기 이전에 동료로서 몰아붙여서는 안 되는 거였는데. 한 번 더 깊이 헤아리지 못했던 걸 지금도 후회한다.

사람에 대한 애정이 깊고 인연에 대해 의미를 부여하는 성격이라 이유를 불문하고 헤어짐의 순간은 늘 아프다. 사람들의 부침 때문에 마음 쓰는 내게 누군가가 이런 말을 했었다.

"김 감독은 버스를 운전하는 사람이야. 그 버스에 탄 사람 누구나 자기만의 목적지가 있어. 각자의 정거장에서 타고 내리는데 그걸 운전사가 관여하지는 않잖아. 그러니까 김 감독은 버

스에 타는 사람을 반갑게 맞아주고 버스에서 내리는 사람을 안전하게 보내주면서, 함께 가는 사람들에게 최선을 다하면 되는 거야."

그 얘기가 많은 위로가 됐다. 지금도 여전히 헤어짐이 익숙하지 않지만 이제는 사람이 하는 일에 만나고 헤어지는 일은 불가피한 것이라고 생각한다.

언젠가 내가 "나중에 잘되더라도 나는 안 변했으면 좋겠어"라고 말했을 때 한 선배는 웃으며 말했다. 잘되는 것도, 잘되고 난 뒤에 변하지 않는 것도 어려운 일이라고. 종종 그때 그 선배의 말이 생각난다. 지금의 나는 어디까지 해냈고 무엇을 이루지 못한 걸까? 떠나간 사람들을 종종 생각하면 이런 저런 상념이 스친다. 앞으로도 만남과 헤어짐은 계속될 것이다. 그저 지금은 내가 운전하는 버스를 거쳐간 사람들이 우리가 함께했던 여정을 아프지 않게 기억했으면 좋겠다. 이왕이면 아름다운 기억 하나쯤은 가졌으면 좋겠다. 각자의 종착지가 어디든지 그곳이 따뜻하기를. 새롭게 이 버스에 오르는 사람들도 편안하고 즐거운 여정이기를 언제나 진심으로 바란다.

미래를 위한 고민

오케스트라의 경우 아직까지 뮤지컬 음악만을 전문으로 하는 오케스트라는 없다. 현재 THE PIT 오케스트라의 연주자들도 모두 가욋일을 한다. 뮤지컬은 일 년에 두세 작품에 참여할 수 있다면 많이 하는 것이고 그나마도 일정하지 않아 연주자들 중 일부는 생계를 꾸리는 데 어려움을 겪기도 한다. 지역의 교향악단처럼 뮤지컬 오케스트라도 소속이 있고 고정적으로 지원을 받을 수 있다면 연주자들의 삶은 훨씬 안정적일 수 있고 더 좋은 연주가 가능하지 않을까?

안타까운 마음에 우리끼리라도 어떻게든 해보자 싶어서 '찾아가는 콘서트'나 '함께하는 작은 음악회' 등을 열어 뮤지컬 음악의 대중화를 위해 나서보려고 했다가 코로나19 바이러스에 발목이 잡혔다. 이 바이러스 광풍 속에 공연계 역시 휘청거렸다. 조금씩 규제가 풀리고 공연이 다시 재개되기도 했지만 객석 띄어 앉기 등의 여러 조치를 감수해야 했다. 공연예술계의 다른 장르는 전면 금지이기도 하니 그보다 상황이 좀 낫다고는 해도 방역이 강화될 때마다 공연은 멈춰 서고 미뤄지며 고전했다. 배우들도 오케스트라도, 스태프와 제작사도 공연업계에서 먹고사는 모두가 가슴 졸이는 시간을 보내고 있다.

애써 준비한 작품의 공연이 미뤄졌을 때의 타격은 어마어마하다. 연습실, 공연장 등 각종 대관료를 비롯한 제작비 전반도 문제지만 개인의 경제적 손실은 이루 말할 수 없다. 회당 출연료가 높은 주·조연배우들의 걱정은 잠시 접어둔다. 모두가 힘든 때이지만 체감은 전부 다르기 때문이다. 뮤지컬 음악감독이라는 타이틀로 다양한 활동을 하고 있는 나와 오케스트라 단원의 사정이 다르고, 출연료가 높은 주·조연배우와 그렇지 못한 앙상블이 받는 타격은 다르다. 뮤지컬은 공연을 해야 돈을 받는 시스템으로, 배우든 연주자든 무대에 오른 횟수에 따라 보수가 정해진다. 그러나 공연 전 긴 연습이 필요하다. 노래하고 춤추고 연기하는 데 기본적으로 두 달은 연습하는데, 이 연습 기간 동안의 비용은 따로 지급되지 않는다. 공연 보수에 그 연습 비용까지 포함되어 있는 셈이다. 연습과 공연 기간을 합쳐 등분했을 때 보통의 스태프나 앙상블이 받는 금액은 충분하지 않다. 바뀌지 않는 구조적인 문제다. 그럼에도 불구하고 배우와 오케스트라 단원, 스태프들은 아르바이트를 하든 가욋일을 하든 어떻게든 버틴다. 돈이 필요하지 않아서가 아니라 이 일이 너무 좋기 때문이다.

팬데믹 동안 연습을 하고 무대에 올리지 못한 작품도 있고 속절없이 연습만 길어진 작품도 있다. 공연이 없으니 수입은 제로였다. 생계가 위태로워도 책임감과 사명감 하나로 마스크를 쓰고 연습에 참여하는 그들을 보며 그간 주·조연배우 위주로 지나치게 쏠려 있는 출연료가 내심 야속했다. 물론 그 배우들 덕분에 객석이 차고 공연이 사랑받는 것도 사실이지만 한쪽은 계속해서 오르고 한쪽은 제자리인, 기울어진 시스템은 안타깝다.

방역 기준이 높아지면서 개막이 연기됐던 어느 공연이 확정됐을 때 제작사에서 조심스럽게 요청을 해왔다. 팬데믹으로 손해가 커서 현실적으로 제작비를 줄여야 하는데 원래의 오케스트라 편성은 감당이 되지 않을 것 같으니 편성을 반으로 줄여달라고 했다. 다른 작품에서 그렇게 해서 예산을 절감했다며 다 같이 힘든 시절이니 양해해달라고 부탁했다. 어딘가 잘못됐다고 느꼈지만 그렇다고 이해하지 못하는 상황도 아니었다. 제작사 입장에서는 어떻게든 제작비를 줄여야 했고 오케스트라의 많은 인원수도 그중 하나였을 것이다.

그래도 오케스트라를 반으로 축소하는 건 결정하기 어려웠다. 물론 물리적으로는 가능하다. 연주자 수를 줄이고 일부 파트는 녹음을 해서 MR과 같이 연주할 수도 있다. 다른 작품이라면 해볼 수도 있는 방법이다. 그러나 그 작품의 음악은 클래식에 가깝고, 다른 작품과는 조금 다르게 극중 배우들의 '동작에 딱 맞춰' 음악이 들어가야 하는 장면이 많았다. 배우는 기계가 아니므로 매회 공연마다 정확히 같은 타이밍에 같은 동작을 할 수는 없다. 그런데 일부 파트만 녹음으로 처리하면 녹음된 MR과 라이브 연주와 배우의 움직임이 따로 놀 수밖에 없고 결국 공연의 완성도가 떨어진다. 이런 작품에 오케스트라 편성을 줄이는 것은 음악감독으로서 받아들이기 어려웠다. 나는 한참을 고민하다가 그렇게는 못 하겠다고 했다.

"연주자를 절반으로 줄일 바에 차라리 전체 MR로 가시죠. 배우들이 MR 반주에 딱 맞출 수 있게 추가 연습을 하는 방향이 낫겠어요."

어떻게든 일부라도 라이브로 음악을 진행하려고 했던 제작사는 난감해했다. 여러 대안들이 오갔지만 어떤 안도 서로 납득할 만한 것이 못 됐다. 나는 고민 끝에 물었다.

"오케스트라 예산으로 책정된 금액이 얼마죠?"

제작사가 책정한 예산을 듣고 다시 계산해봤다. 답답한 마음에 차라리 MR을 쓰자고 했지만 우리가 하기로 한 공연의 완성도를 떨어뜨리고 싶지는 않았다. 고민해보니 책정된 연주자 비용을 40퍼센트 정도 삭감하고 거기에 예정된 식비를 연주비로 돌리면 원래의 편성에서 세 명 정도만 줄이면 될 것 같았다. 고심 끝에 예산에 맞춰 그렇게 편성을 해보겠다고 말했다. 두 대로 편성되어 있던 바이올린, 비올라, 첼로를 하나씩 빼는 쪽으로 방향을 잡고 단원들에게 개인적으로 전화를 돌려 상황을 설명했다.

"정말 미안해요. 지금 이런 상황인데 이 작품은 오케스트라 편성을 반으로 줄여서는 못 하겠어요. 계산을 해보니 개인 연주 비용을 줄여야만 하는데 해줄 수 있을까요? 어려우면 편하게 얘기해주세요. 대리 연주자를 데려와도 괜찮아요. 주말에 다른 조건의 좋은 기회가 있다면 그걸 우선해도 좋아요."

'데프티deputy'라고 불리는 대리 연주자를 부르는 건 오케스트라에서 흔한 일이다. 긴 공연 기간 동안 연주자들에게 어떤 일이 생길지 모르기 때문이다. 불규칙한 공연 수입이 안정적인 생계를 보장해주지 않으므로 연주자들은 대부분 두세 가지 일을 동시에 한다. 레슨 선생님이 되기도 하고 여러 곳에 소속을 둔 연주자들도 있다. 예를 들어 뮤지컬 공연 당일 개인 연주회가 잡혔을 경우에 대리 연주자를 고용해 공연에 합류시키는 것이 이상한 일이 아니라는 말이다. 각자의 사정이 있고 대리 연주자라고 해도 프로 연주자이므로 곡만 잘 숙지하고 있다면 오케스트라에 합류할 수 있다.

다만 우리 팀에는 대리 연주자와 관련한 몇 가지 까다로운 조항이 있다.

첫째, 모든 책임은 고용한 사람(메인 연주자)이 질 것.

둘째, 대리 연주자도 오케스트라 연습에 합류할 것.

셋째, 대리 연주자의 공연 횟수가 전체의 3분의 1을 넘지 않을 것.

넷째, 매회 공연 대리 연주자의 수가 전체 연주자의 30퍼센트를 넘지 않을 것.

노련한 연주자들이라고 해도 팀워크가 다르고 곡의 이해가 다르기 때문에 대리 연주자가 너무 많이 섞이면 원하는 소리가 나오지 않을 수 있다. 마지막으로 내 스스로 정한 원칙은 대리 연주자에게 절대로 화내지 않는다는 것이다. 내가 고용한 사람은 메인 연주자이기 때문에 문제가 생긴다면 그쪽에 책임을 묻는 게 옳다.

이번 공연은 위와 같은 규칙을 처음으로 허물며 결단한 상황이었다. 안 돼도 어쩔 수 없다는 심정으로 그렇게 연주자 한 명 한 명에게 전화를 걸어 양해를 구했다. 사실 거절해도 할 말이 없는 조건이었다. 제작사의 제안이 아니라 순전히 음악감독인 내 욕심 때문이라는 걸 강조하며 자초지종을 설명했다. 돌아온 대답은 모두 '예스'였다. 연주자들은 하나같이 그 작품의 편성을 반으로 줄여서는 안 된다고, 삭감된 보수는 아쉽지만 중요한 건 되도록이면 완전한 음악을 들려주는 것이라며 합류하는 쪽으로 결정해주었다. 어려운 상황에 연주자로서 지킬 건 지키겠다는 마음이 무척 소중하고 고마웠다.

연주자들의 동의를 얻어 편성을 꾸리고 난 뒤에 다시 휴대폰을 들었다. 이번에는 동료 뮤지컬 음악감독들에게 문자를 보냈다. 상황을 솔직히 설명하고 이번은 어디까지나 특수한 예외일 뿐이라고 양해를 구하고 당부를 남겼다. 이 일을 전례로 남기고 싶지 않았다.

"…이런 사정이 있어 연주자들 개개인에게 연락해 동의를 얻었습니다. 이번 단 한 번뿐입니다. 제작사와의 약속을 받고 처음이자 마지막으로 연주 비용을 삭감했습니다. 저의 결정과 행동이 여러분들의 작업에 기준이 되지 않았으면 합니다. 앞으로의 공연에 연주자들의 몫이 제대로 책정될 수 있도록 함께 힘써주세요"라고.

모두가 힘든 상황을 감수하고 그렇게 공연을 올렸다. 결론적으로 말하면 그것이 오래 준비한 공연을 아예 올리지 못하는 것보다는 나았다. 그 시기에 그렇게라도 공연을 유지하려 했던 제작사도, 함께해준 연주자들도 모두 진심으로 고맙다.

그럼에도 불구하고 그때 나의 결정이 옳았는가, 돌아보면 명확히 답을 내리기가 어렵다. 음악감독으로서 내 소신대로 결정했지만, 고맙게도 연주자들이 동의해주었지만, 곱씹어보면 마음 한편에 남은 씁쓸함과 자괴감을 지울 수 없다. 그때 음악감독으로서 내 선택이 최선이었다고 생각하지만 어쩌면 누군가에게는 최선이 아니지 않았을까? 무엇이 진짜 최선이었던 걸까? 지금도 분명히 말하기가 어렵다.

한국 뮤지컬 시장은 빠르게 성장해왔다. 그 흐름 속에서 끊임없이 고민하고 있다. 보이지 않게 무너지는 건 화려해 보이는 위가 아니라 가장 밑, 기반에 틈이 생기기 시작할 때부터다. 그 기반을 구성하는 것이 무대 밖 스태프들이다. 스태프의 기량이 늘어나고 기용 가능한 인력이 늘어나면 자연스럽게 무대의 질은 좋아진다. 많은 인재가 이 업계에 영입될 수 있도록, 성장할 수 있도록 해야 하는 이유다. 이를 위해서 내 자리에서 나는 무엇을 어떻게 해야 하는지 끊임없이 고민하고 있다. 여전히 제대로 된 답을 내고 있지 못하지만 내게 주어진 숙제를 붙잡고 놓지 않으면 언젠가는 답을 찾을 수 있지 않을까?

더 많은 우리가 모여

음악이든 그림이든 예술 계통의 업에 종사하는 사람들이 가장 자주 듣는 말은 아마도 "너는 좋아하는 일을 하고 살잖아"가 아닐까? 물론 틀린 말은 아니다. 우리는 좋아하는 일을 하고 산다. 그렇지만 좋아하는 일로 밥벌이를 한다고 해서 노동의 가치가 달라지는 건 아니다.

뮤지컬 전문 오케스트라를 만든 지 15년 만에 오케스트라를 중심으로 제대로 된 비즈니스를 진행할 수 있는 전문 기획사를 세웠다. 이름은 'THE PIT'. 오보에 연주자인 김진욱이 대표를 맡았고 나를 비롯한 오케스트라 연주자들이 단원으로 함께 하고 있다. 회사를 만든 이유는 시스템을 갖추고 싶기 때문이었다. 누구도 신경 쓰지 않고 나아질 기미가 보이지 않는, 비정규직 연주자들의 안정된 생활을 위해서 우리 스스로 나서기로 했다. 하늘에서 답이 뚝하고 떨어질 일은 없으니 기약 없이 기다릴 바에 우리끼리 구조적인 문제를 해결해보자, 혼자라면 힘든 문제도 함께 움직이면 가능하지 않을까, 다수가 함께하면 우리의 의견을 펼 수 있고, 그러면 조금은 아주 조금은 바뀌고 나아지지 않을까, 그런 취지였다. 평범한 직장인처럼 4대 보험이라는 혜택도 받고 안정적인 노후를 기대하는 삶을 우리도 살 수 있게 되었으면 싶었다. 2019년에 회사를 설립했고 완벽하진 않지만 조금씩 자리를 잡아가고 있다.

THE PIT라는 이름은 오케스트라가 있는 공간인 피트를 따서 지었다. 첫 번째 목표는 조금이라도 연주자들을 위한 복지 시스템을 갖추는 것. 일례로, 새로 시작된 예술인 고용보험과 관련해 THE PIT가 고용주체로 세금을 처리하고 있으며 연습에 식사를 제공하고 주차비를 지원하고 팀 내 경조사비를 챙겨주는 등 일반 회사에서는 보통의 일이지만 우리에게는 특별한 일들을 해나가고 있다.

거대 자본은 아니더라도 체계를 갖춰놓으니 여러모로 편리한 점들이 많다. 연주 계약도 개개인이 아닌 팀으로 진행한다. 바로 소통 가능한 담당자가 있어 제작사들도 반기는 눈치다. 연주자들의 관리를 제작사에서 따로 할 필요 없이 팀에서 조율하는 것도 큰 장점이다. 덕분에 제작사에서 믿고 맡겨주기 때문에 어느 정도 지속적인 일자리가 보장되고 완벽하진 않지만 연주자들의 고용 불안이 일부분 해소되고 있다. 그렇게 일단 우리가 할 수 있는 작은 것부터 차근차근 개선해나가는 중이다.

팬데믹으로 미뤄졌던 도쿄 올림픽이 끝나고 국가대표 여성 선수들이 출연한 MBC 〈다큐 인사이트-다큐멘터리 국가대표〉가 이슈였다. 그건 승리의 이야기이면서도 차별의 이야기이기도 했다. 스포츠계에 여전히 존재하는 성별, 인종에 따른 차별을 단단한 실력으로 하나씩 바꿔나가는 선수들이 존경스러웠다. 그중에서 여자 배구 4강 진출이라는 좋은 성적을 낸 김연경 선수의 말을 기억한다.

"가만히 있으면 중간은 간다, 그런 얘기를 정말 많이 들었어요. 아니라고 생각하는 것은 아니라고 해야 해요. 안 좋은 얘기도 듣겠지만 말하지 않으면 아무도 모르기 때문에 그런 부분에 대해서 말하려고 노력했어요."

없던 기준을 만들고 규칙을 정하고 조금 더 나은 환경을 위해 쓴소리를 할 때마다 생각했다. 누가 뭐라고 하는 사람 없고 이대로 가만히 있으면 나 하나는 문제가 없다. 하지만 누군가 나서서 우리의 이야기를 해야 한다면 그게 바로 내가 되어야 한다고. 적어도 조금은 이름이 알려져 있고, 그 덕분에 내가 하는 말에는 조금 더 귀를 기울여주기 때문에. 그것이 나의 이름값이라고 생각한다. 그래서 한 곳에 머물지 않고 앞으로 나아갈 거라고 마음먹었다.

THE PIT를 만들고 내 이름을 내건 단독 콘서트를 연 것도 비슷한 맥락이었다. 우리가, 여기에 있다고 말하고 싶었다. 언제나 무대 밑, 어둡고 좁은 자리에 있지만 이처럼 빛나는 음악을 연주하고 있다고, 찬란한 뮤지컬 공연의 한 부분을 우리가 맡고 있다고 이야기하고 싶었다. 그래서 우리 연주자들을 무대 아래가 아닌 무대 위에 올렸다.

뮤지컬 공연이 그날 그 순간 한 번뿐이라는 것을 생각해 우리의 콘서트에 'ONLY'라는 타이틀을 달고, 나와 우리 팀의 색깔이 묻어나는 편곡으로 뮤지컬 음악을 선보였다. 구민진, 김주원, 김준수, 배해선, 손문혁, 양준모, 옥주현, 우정훈, 윤선용, 이자람, 이창희, 임태경, 전미도, 정선아, 정성화, 정택운, 조정은,

최백호 선생님, 포르테 디 콰트로, 홍광호, 황정민 등 내로라하는 쟁쟁한 아티스트들이 기꺼이 무대 위에 올라와 우리와 함께 해줬다. 나는 그 공연에서 오케스트라의 연주를 '음악이 짓는 집'이라고 소개했다. 말 그대로 THE PIT 역시 뮤지컬 오케스트라 연주자들에게 그런 집과 같은 역할을 해줄 수 있기를 바라고 또 바란다.

지금까지는 여러 경로로 뮤지컬을 하려면, 뮤지컬 음악감독이 되려면 어찌 해야 하느냐는 질문을 받을 때마다 어디에서부터 이야기를 해야 할지 몰라서 시원하게 답해주지 못했다. 하지만 이제 그 같은 질문에 차근히 답할 수 있는 베이스 캠프도 마련했다. 우리만의 연습실이 생긴 것이다. 그곳에서 앞으로 뮤지컬 음악에 대한 콘텐츠를 만들고 교육하고 우리만의 새로운 창작을 해보려고 한다. 혼자가 아닌 팀원들, 동료들과 함께 지금 여기에서 조금 더 전진해볼 생각이다. 어디까지 갈 수 있을지 모르겠지만 최대한 갈 수 있는 데까지 가볼 수 있도록, 할 수 있는 데까지 해볼 수 있도록. 이 발걸음이 멈춰 서지 않기를 바라면서.

거대한 장벽 앞에서

무기한 연기. 어느 누구도 예측할 수 없는 하루하루가 지나가고 있다. 코로나19 바이러스로 인한 팬데믹은 모두에게 힘든 상황을 가져왔지만 특히 공연예술계에 혹독한 재해였다. 공연은 무대, 배우, 관객 중 하나라도 빠지면 성립될 수 없는 업종이다. 이 세계에 몸담은 모두가 원인도 책임도 물을 수 없는 긴 상황을 견디며 생업을 놓은 채 살아야 했다. 그나마 해가 바뀌고 사정이 아주 조금 나아지면서 기약 없이 연습만 하던 《맨 오브 라만차》를 무대에 올릴 수 있게 됐을 때, 마치 처음 공연을 하는 것처럼 긴장됐다. 두려움과 기대가 뒤섞인, 두근거림과는 조금 다른 느낌이었다. 아마 관객들도 같은 마음이지 않았을까? 그토록 기다린 순간이었지만 우리 모두 마음 놓고 즐거울 수만은 없는 시간이었다.

오픈 첫날 무대 뒤는 어느 때보다 분주했다. 피트 안의 연주자들도 마찬가지였다. 점검을 하고 또 하고 또 했다. 모두들 되찾은 자신의 자리에서 상기된 얼굴이었다. 무대에 선다는 건 단순히 돈을 받는 의미가 아니라 우리에게 숨을 불어넣는 일이라는 걸 새삼 다시 느꼈다.

그날만큼은 완벽하게 잘하고 싶었는데 너무 긴장했는지 나는 비트를 줘야 하는 부분에서 실수를 했고 무대 위에서도 약간의 실수가 있었다. 악기들도 분명히 공연 전에 튜닝을 마쳤는데도 소리가 조금씩 어긋나기도 했다. 극장을 너무 오래 비워둔 게 문제였다. 오랫동안 관객이 없던 극장에 관객이 차자 공연장 실내 온도가 올라가는 바람에 공기가 건조해진 것이다. 그럴 수도 있지 그게 뭐 큰일이야, 하겠지만 악기와 배우 입장에서 건조한 공연장은 최악의 환경이다. 오랫동안 비워져 있던 극장의 공기는 예상치 못한 변수였다.

마스크를 쓰고 띄엄띄엄 객석을 채운 관객들도 긴장하긴 마찬가지였다. 지루한 방학이 끝나고 학교를 찾은 개학 첫날의 아이들처럼 설렌 얼굴로 우왕좌왕하는 모습을 보는데 어쩐지 찡해서 눈물이 날 것 같았다. 거기에 공연 중 실수까지 겹쳐 진짜 울음이 터질 뻔했다.

〈사장님 귀는 당나귀 귀〉라는 TV 프로그램에 출연했던 것은 바로 그 즈음이었다. 처음에 출연을 제안받았을 때 나는 그저 내 일을 열심히 하는 사람일 뿐인데 방송에 나가서 과장되게 비쳐지는 것은 아닐지 걱정했다. 하지만 고민의 중심이 '나'에서 '우리'로 옮겨가자 하지 않을 이유가 없었다. 코로나19로 언제 어느 때 공연이 멈춰 설지 모르는 불안한 시기에 뮤지컬이라는 장르가 고군분투하고 있다는 걸 외부에 조금이라도 알리는 건 의미 있는 일이라고 생각했다.

방송에 연습 장면이 비친 《그레이트 코멧》 역시 마음을 졸이며 준비한 공연이었다. 이 작품도 개막이 미뤄졌지만 언제 재개될지 모르니 배우들도 연주자들도 감을 잃지 않기 위해 2주에

한 번씩 모여 연습을 했다. 말 그대로 기약 없는 기다림이었다. 심지어 《그레이트 코멧》은 국내 초연인 작품이라 그 부담이 더 컸다. 오로지 공연비로 페이가 매겨지는 배우와 스태프들에게는 피 같은 시간이었다. 너도 나도 택배나 배달, 심야 아르바이트 등을 하며 버텼다.

긴 기다림 끝에 《그레이트 코멧》이 무대에 올랐을 때, 이머시브 공연의 매력을 100퍼센트 발휘할 수 없는 제한적인 조건이었지만 그것만으로도 감사했다. 매일 매일이 마지막 공연이라고 생각하고 무대에 올랐다. 작은 것에도 균열이 가는 살얼음판 위에서 최고로 집중했다. 다시 하고 싶지 않은 경험이지만 우리가 진짜로 원하는 게 무엇인지 제대로 알 수 있는 시간이기도 했다. 어쨌든 거칠고 모진 바람에도 떠밀려 가지 않은 모두에게 마음 깊이 뜨거운 박수를 보낸다.

우주의 한복판, 억겁의 시간 속에서 단 한 번뿐인 공연을 위해 오늘도 모두가 최선을 다했다. 누구도 만나기 쉽지 않은 요즘, 서너 시간씩 서서 지휘를 하고 돌아와 밤늦게 와인 한 잔 마시는 것이 유일한 낙이다. 급하지 않게 천천히 하루를 마감하고 이런저런 생각을 정리하는 시간이 좋다. 어느 새 이렇게 나이를 먹었나 싶다가, 내 나이가 어때서 하다가, 와인 한 모금을 들이켤 때마다 여러 갈래 마음이 이쪽저쪽으로 오간다. 후배들을 위해 비켜줘야 하나 싶다가도 황무지를 개척하는 마음으로 앞장서서 지금보다 길을 넓히는 게 그들을 더 위하는 일이 아닐까 싶기도 하다. 매번 결론은 '정답은 없다'이고, 잔이 비어갈 때쯤엔 '내일도 열심히, 최선을 다해' 일하기로 한다. 후줄근하지 않은 마음과 태도로 최선을 다하다가 지휘봉을 놓아야 할 때가 오면 미련 없이 떠날 수 있도록.

콘서트 〈ONLY〉 © THE PIT

콘서트 〈ONLY〉 © THE PIT

이토록 찬란한 어둠

초판 1쇄 발행 2021년 12월 13일
초판 2쇄 발행 2021년 12월 17일

지은이 김문정
펴낸이 유정연

이사 임충진 김귀분
책임편집 김수진 **기획편집** 신성식 조현주 심설아 김경애 이가람 **디자인** 안수진 김소진
마케팅 이석원 박중혁 정문희 김예은 **제작** 임정호 **경영지원** 박소영

글 정리 이재영

펴낸곳 흐름출판(주) **출판등록** 제313-2003-199호(2003년 5월 28일)
주소 서울시 마포구 월드컵북로5길 48-9(서교동)
전화 (02)325-4944 **팩스** (02)325-4945 **이메일** book@hbooks.co.kr
홈페이지 http://www.hbooks.co.kr **블로그** blog.naver.com/nextwave7
출력·인쇄·제본 성광인쇄 **용지** 월드페이퍼(주) **후가공** (주)이지앤비(특허 제10-1081185호)

ISBN 978-89-6596-486-5 03810